千渭轳听

范国彬 著

北方文艺出版社

图书在版编目（CIP）数据

千渭初听 / 范国彬著. -- 哈尔滨：北方文艺出版社，2023.11

ISBN 978-7-5317-5861-7

Ⅰ. ①千… Ⅱ. ①范… Ⅲ. ①中国文学-当代文学-作品综合集 Ⅳ. ①I217.2

中国国家版本馆 CIP 数据核字（2023）第 046982 号

千渭初听
QIANWEI CHUTING

作　者 / 范国彬

责任编辑 / 赵　芳　　　　　　　　装帧设计 / 书香力扬

出版发行 / 北方文艺出版社　　　　网　址 / www. bfwy. com
邮　编 / 150008　　　　　　　　　经　销 / 新华书店
地　址 / 哈尔滨市南岗区宣庆小区 1 号楼
发行电话 / （0451）86825533

印　刷 / 四川科德彩色数码科技有限公司　开　本 / 880mm×1230mm　1/32
字　数 / 190 千　　　　　　　　　　　印　张 / 8. 125
版　次 / 2024 年 1 月第 1 版　　　　　印　次 / 2024 年 1 月第 1 次印刷

书　号 / ISBN 978-7-5317-5861-7　　定　价 / 68. 00 元

把生命还给父母

——《千渭初听》序

李巨怀

想起范国彬，自然会想起家乡，想起书房沟。

文学意义上的书房沟是由水脉相通的两眼泉水构成的，我是喝着龙泉寺的水长大的，国彬兄弟是饮着老龙池的水长大的，两个泉眼相距大约一千米，同饮一泉水，共处一条沟，说是老乡一点都不为过。亲不亲故乡人，都爱舞文弄墨写些东西，在文字中相识，在文字中相知，一晃也有了十个年头。

特别崇敬家乡那两汪日夜不舍的泉水，在我眼里，它们就是故乡精魂的所在，书房沟所有的聪慧生命都有着它们钟灵毓秀的影子。我在，它们流，我不在，它们还在流；父母在，它们流，父母不在，它们还在流。我曾经不止一次追寻过它们的足迹，眼见着它们没有流入大的溪流，汇进咫尺之遥的渭河，转眼间便消失在它们眉目下的千亩良田、万人生命里，它们自然就没有与黄河相遇，进入大海的怀抱。书房沟能够被媒体誉为宝鸡第一文化沟，走出了上千位大学生，三四位院士，不胜枚举、灿若星辰的具有文韬武略的精英，这块热土，这汪神泉，只有张洁老师的妙笔生花才能描绘出它的万丈光芒。

喜欢国彬兄弟的文字，不是因为他的文采飞扬，更多还是由于他文字里叫我隐隐作痛的故乡情怀。每次出其不意的见面，他总是以温文尔雅谦谦君子的形象出现在我的面前，邻家小弟般亲切、温和、敦厚，甚至有些羞涩，有着少年闰土般的质朴和纯粹。他是书房沟畔西北机器厂的厂子弟，他的笔端总是在支撑宝鸡经济血脉的工厂流连，见过无数篇厂子弟写厂子的文章，引经据典、旁征博引，他是写得最好的；同样写宝鸡的文脉圣地，他却能写出别样的风采和况味，不疾不徐、娓娓道来，轻风细雨仿佛在讲述着不经意间发生的一件市井小事，叫读者有着无尽的感慨和沉思，他写的《百年凤翔师范　西府文脉渊源》的文章，点击量达到十万，他却不是凤翔师范的学生。他总是以做学问的严谨态度在写作，自然有着叫一般作者难以企及的思想高度。还有他那饱含深情的"千渭之汇"公众号，总能让我眼前一亮，看到不着尘土的好文章。他的散文、诗词，也正若他的为人一样，沉静、厚重、真实，有着与他年龄实不相符的老到和才识。

大隐隐于市，不羡名不图利，捧出热血心灵，才能写出好文章。国彬兄弟还很年轻，若不是身处基层，世俗羁绊，他应该能写出更多有质感的好文章。

在陈仓区，面对国彬和我们的挚友杨宝祥，内心总有种惴惴不安的歉疚之情，五六年前，主编《记忆中的老宝鸡》时，没有一两碎银补助，甚至没有一句好言鼓励，就是在他俩和宝鸡一众热忱同仁的鼎力相助下才得以成书，他们也是我身处宝鸡小城最感温暖的眷恋所在。借国彬兄弟《千渭初听》成书之际，也道声谢谢。

"为什么我的眼里常含泪水，因为我对这土地爱得深沉。"从生命的本质意义而言，我们就是家乡不经意间抛出去的一滴水，所有的落点都是家乡，都是父母，但我们却没有家乡荒生荒长的一株小草幸运，没有它活得自然、充实、阳光，它能无所遮拦肆意丛生地和我们的父母亲密无间，而我们却要活在无尽思念之中。感谢《千渭初听》，又一次让我们回到故乡，看见家的模样。

辛丑年仲秋于古陈仓半心斋

目 录
CONTENTS

旧事

闲语

独吟

旧事

陕九建厂记忆

冬日暖阳，有霾。

早在去年年初推送陕汽、陕齿建厂记忆的时候，就有了写西北机器厂（简称"西机"）、陕西第九棉纺织厂（简称"陕九"）

陕九后山俯瞰

建厂记忆的想法，直到冥冥中第二次翻看李巨怀先生的长篇小说《书房沟》时，这种想法尤其浓烈起来，于是开始四处搜罗相关史料。

虽然我的内心更加认同自己是西机的子弟，但不可否认的是，我同时也是陕九的子弟，身为两厂子弟是我的一种幸运，但当我面对堆得近一尺高的资料和500余兆的电子文档时，再想到今日的西机、宝九，内心却有着无尽的惆怅……

提到西机、陕九的建厂，始终离不开雍兴。中国银行成立雍兴公司，兴办工业，是以"实业救国"为名，以金融资本控制工业资本、获取优厚利润为目的。我国民族资本的纺织业先天不足，流动资金短绌，经常向银行贷款，以维持生存。1931年抗日战争开始以后，中国纺织

中华人民共和国成立前陕九的办公楼

业受日寇的经济侵略，尤其是华北地区的纺织厂处境岌岌可危，必须仰赖银行投资，方可还清债务，渡过难关。中国银行天津分行见对纺织厂投资有固定资产做抵押，比较稳妥可靠且有利可图，遂由贷款变为投资，进一步管控企业。天津分行投资并接管的第一个对象是天津宝成第三厂，由时任天津分行副经理的束云章（与国民党要员戴季陶、朱家骅是儿女亲家，后成为当时中国纺织界的巨头，中华人民共和国成立前去台湾）直接管理，开中行投资纺织业之先河，并在以后由此途径控制了相当一部分民族资本企业。

1937年全面抗战爆发，绝大部分的官僚资本企业沦陷于敌占区。如何在后方重建这些企业，已经提到议事日程上。中国银行在撤离郑州前，把豫丰纱厂迁至重庆小龙坎重建起来。这时，束云章被任命为中国银行西北区行经理，他向宋子文提出创办西北地区中行所属企业的计划，获得批准后，率领一批原天津中行的人员来到天水。他根据中行历年来对西北各省所做的经济研究，观察了战争和军民的需要，并考虑到战后如何发展成为垄断性的厂矿企业，提出了经营纺织、机器、燃料工业的计划。他从1939年开始筹备公司，因为关中—天水为汉代的雍州，于是命名公司为"雍兴实业股份有限公

司"（简称"雍兴公司"），并于 1940 年在经济部备案宣告正式成立，宋子文为董事长，束云章为总经理。在实际的发展过程中，因可以动用中国银行的资金，故其一边成立雍兴公司，一边筹建公司下属各企业，发展十分迅速。

1938 年 7 月到 1940 年 10 月，孙蔚如率领由杨虎城将军十七路军为老底子的三十一军团〔下辖三十八军（军长赵寿山）和九十六军〕，开展了历时三年的中条山保卫战（非 1941 年 4 月，17 万国军不到 20 天内全线失守的中条山战役），这支由 3 万多名陕西"冷娃"组成的队伍，共有 2.1 万人牺牲在中条山下、黄河岸边。这支军队先后粉碎了日寇的 11 次大扫荡，其中以"血战永济""六六战役""望原会战"最为惨烈悲壮，可以说，是两万多名关中子弟用自己的血肉之躯在黄河岸边筑起了一道保卫家乡的钢铁防线，使日寇始终未能越过潼关，进入关中和西北，关中抗战形势渐趋稳定，大西北得以喘息。此时，束云章认为天水地处西北一隅，从物资集散、吸收职工和交通等条件考虑，远不能适应发展工矿企业的要求，遂于 1942 年前后将雍兴公司和天水分行迁移到西安，银行更名为西安分行。

雍兴公司主要经营棉纺织业，由于资本雄厚，原棉有中国银行所属的中国棉业公司做后盾，收棉打包机构设点很多，豫陕一带的好棉绝大部分都落到了雍兴公司的打包厂。雍兴公司未成立之前，中行已建立起包括当时全国最大、设备最新的咸阳打包厂等企业。后来，中行把重庆豫丰纱厂、豫丰机器厂、合川纱厂（后建）连同咸阳打包厂、咸阳纺织厂一并交由雍兴公司经营，定为代管厂，以与雍兴公司直接创办的厂矿单位相区别。雍兴公司在发展过程中，先后创办了宝鸡西北运输处、虢镇业精纺织厂、蔡家坡纱厂、蔡家坡西北机器厂、蔡家坡酒精厂、宝鸡益门镇酒精厂、陇县煤矿、广元酒精厂、长安制革厂、长安印刷厂、兰州机器厂、兰州化工厂、兰州面粉厂、兰州毛织厂、新丰纱厂、宝鸡益门镇汽车修配厂（益门镇酒精厂后并入蔡家坡酒精厂，在其原址所建）、私立雍兴高级工业职业学校、蔡家坡化学研究室（设在蔡家坡酒精厂）、蔡家坡机械研究室（设在西北机器厂）、西安雍村小学等 20 个厂矿单位。抗日大后方，当时一共才十几万纱锭，雍兴系统就占了七万多锭，是中华人民共和国成立前西北最大的官僚垄断资本企业。雍兴公司在后方兴办实业，无论目的如何，客观上对解决军民衣着困难和支持抗战起到了一定作用。

1940 年 7 月，时值抗日战争第九年，稍具工业基础、经济较为发达地区多为日本侵略者占据，通信被阻，交通中断，部分企业被迫内迁。后方常遭敌机狂轰滥炸，物资紧缺，人民担负抗日、生产两副重担，生活极端困难。雍兴公司蔡家坡纺织厂（简称"蔡纺厂"）的筹建工作即开始于此时，而《书房沟》中那场燃烧了六天六夜的大火已在一年前烧毁了整个贴家堡。

同年 10 月 7 日，雍兴公司在蔡家坡纺织厂筹建谈话会上议定，厂址选择要有利于战时防空，距城市较远，交通便利，并有山陵足以掩护为合格，责成李紫东、王瑞基勘觅。初定在宝鸡县罗家埭，12 月改定在岐山县蔡家坡。据民国田惟均（1933—1937、1941—1943 年两度任岐山县县长）版《岐山县志》载："蔡家坡，在县南三十里，旧名田家坡，西令狐、东永乐，俱在积石原之南麓、渭水之阳、水泉灌溉、地颇肥饶。有镇，名蔡家镇，宋凤翔府知府蔡公名钦，葬于坡北，子孙聚族而居，坡与镇遂因之易名，市廛宏丽、商贾云集，称殷富焉。"厂址位置，选定在 1937 年 3 月 1 日即投入运营的蔡家坡火车站与蔡镇之间各约一公里处，南靠陇海铁路，北依积石原（积雍原）根，距岐山县城 18 公里。

1941 年 1 月 3 日，蔡纺厂筹备处成立，原山西新绛雍裕纱厂经理王瑞基（中华人民共和国成立后曾任辽宁省纺织工业局总工程师）为主任，原山西榆次晋华纱厂工程师刘持钧（中华人民共和国成立后曾任河北省纺织工业局副局长）、原雍裕纱厂副经理张仲实（中华人民共和国成立后曾任陕棉九厂厂长）为副主任。

蔡纺厂厂址选定后，西安中行派韩巨川上下奔走，联系征地。至 1941 年 2 月，始经陕西省政府主席蒋鼎文、宝鸡专区行政专员温崇信批准，将地价规定为每亩法币 900 元。2 月 11 日，蔡纺厂筹备处派张仲实随同韩巨川邀集岐山县有关人士来蔡研讨征地。17 日下午，县政府派政警队队长邢某率政警 8 名来蔡协助。18 日晨圈地时，农民百余人聚集拦阻，相持数小时毫无结果。县长王缄三（王金明，绰号"王蝎子"，1940—1941 年任岐山县县长；绰号"原子弹"的袁德新于 1946—1947 年任岐山县县长）承温专员之命，于 25 日亲自来蔡办理，下午 3 时召集农民数百人讲话，农民坚持不允，王令捆缚为首者 2 人，并以木棍殴打农民，于是群情愤怒，将韩巨川拖倒在地、外衣撕破，其身亦受伤，县长皮袍也被扯破，相持数小时不得解决，政警拿出手枪威胁，搀扶县长等人入乡公所暂避，民众跟踪而至，将乡公所包围，至夜 8 时始散。后经西安中行与省政府交涉，省政府电令温专员负责解决，有敢阻挠者绳之以法，温即派视察室主任陈达时到蔡，以专员代表身份，邀集士绅磋商。3 月 2 日再次召集民众讲话，到场者只有被征地主人不足百名，陈说："办厂乃民生必需，抗日必备，不容稍缓，地价为政府所定，不能增减，仅可在地价以外要求生活补助。目前必先圈地，俟后再谈其他条件。"至此，民怨稍平，随即从东南北三面有天然界线处撒灰为界，以西面为伸缩余地，以圈足400亩为度。自3日起蔡纺厂开始丈量，至13日量到西边地段时民众再次阻拦，西边高坡水泉地被当地士绅王鸿骞趁机购得。17日，蔡纺厂筹备处在县城请客两桌，又与县长、士绅磋商。18日，在县政府召开了购地会议，县长、专员代表、有关士绅、科长、乡长、保长、甲长及地主代表16人参加，经一天讨论，达成协议共9条。除地价外，每亩补助60元，青苗每亩补助40元，迁坟每家补助50元，水井每眼大者300元、小者200元，树木双方直接议价，圈地西至水渠为止，以不超过400亩为限。20日，王县长、陈达时偕士绅王鸿骞等再次来蔡，当即将西面水沟之地撒以灰线，东面开始筑墙，购地共计374.99亩。1941年冬至1942年11月，又购置防空洞、仓库、窑场、义地等用地48.28亩，购置蔡三厂公路用地8.44亩，之后又征购西、北门外地11.71亩，共计征地443.42亩。小说《书房沟》也用了近一个章节的笔墨，艺术地演绎了这段即将打破"书房沟"权力格局的征地记忆。

1941年3月20日征地完成时，即破土动工，先建围墙1730余米，四角建碉堡四座。一期工程包括生产厂房、办公厅、员工宿舍于4月初开建，7月底竣工，计建房586间。二期工程包括锅炉房、引擎室、修机间、水塔、员工住宅等于7月相继动工，年底大部竣工，此时全厂有职员50人、工人267人。至1943年底，总计建房122幢1190间，其中生产用房47幢378间，1.2万锭规模厂房工程基本告成。1943年10月，以建设蔡家坡电厂名义，开建1000千瓦电机厂房，1944年1月竣工，8月开机后移交蔡纺厂作为原动部。1946年8月1日，开建两层办公大楼一座16间，翌年竣工。1947年春开始，因扩充纱锭，续建部分厂房，至该年底已建成可安装2万枚纱锭规模的厂房，拥有职员 53 人、工人 914 人。为减少空袭损失，厂房设计均为仓库式平房，力求简单，疏散排列，房顶用泥草掩护，烟囱缚树枝伪装，除原动房为砖木结构外，其余厂房及生活用房均为砖木框架土坯墙。厂区北为生活区，南为生产区，东为原动房，中间留有相当空地以利发展。

设备方面，1940 年 10 月，购进济南成通公司内迁部分机床及 6000 纱锭半成品和一批五金材料，除将 2000 锭留西安修配外，剩余纱锭及材料全部运至西北机器厂修配安装，1941 年 7 月底，蔡纺厂厂房竣工后，西安修配的 2000 锭陆续运到，10 月底安装就绪，西北机器厂修配的 4000 锭也陆续交货，至 1943 年 1 月安装完毕。另外，早在全面抗战爆发前，

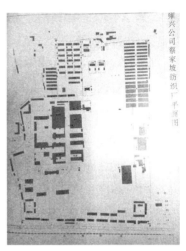

蔡家坡纺织厂平面图

中国银行就为河南彰德豫安纱厂订购了英国勃拉特纱机 3.6 万锭，从中拨给蔡纺厂 4200 锭，1938 年运抵香港，因淞沪沦陷，不能直达上海，又转运海防，后运至仰光，太平洋战争爆发后又抢运至重庆，至 1942 年秋始运至蔡纺厂，该机经辗转抢运，损失严重，修配年余，至 1944 年 10 月 25 日开始装齐开车。摇纱机由西安亚利铁工厂承制，打包机、皮辊机、试验仪器等由西北机器厂承制。至此，蔡纺厂共安装纱锭 1.02 万枚，基本达到战时设想规模。抗战胜利后至 1947 年底，又陆续增添西北机器厂仿制之成通、勃拉特、加尔法纺纱机 6240 锭。至此，蔡纺厂共安装纱锭 1.644 万枚。

抗战期间，后方原动设备极缺，蔡纺厂所用原动设备，多从郑州、洛阳、西安、重庆等地收购而来，陈旧破烂、五花八门，经修配后凑合使用。1941年5月，自西安租得75匹马力引擎及30匹马力发电机各一台，另配锅炉一台，作为试产开车之用；11月从西安购得原东北大学100千瓦立式引擎发电机一台，俗称"西太后电机"，光绪年间由英国购来，曾安装在圆明园为慈禧发电照明；同期又购得50匹马力锅炉2台、木炭炉1台；1942年购置废汽车引擎4台；1943年添置50匹马力引擎2台、卧式锅炉2台。为彻底改善原动设备，1943年5月间，租得重庆豫丰纱厂闲置的美国奇异公司所造1000千瓦旧汽轮发电机1台，此电机机身庞大、机件残缺，经多方设法始配备齐全，然仅能发电700到800千瓦，在当时已是蔡纺厂最大的一部电机；8月，还购得英国造3300平方英尺受热面旧水管锅炉1台。最初的锅炉和发电机安装在生产区东侧原动厂房内，木炭炉和汽车引擎安装在纺纱间外，墙上挖洞，直接拖动机器。后1000千瓦电机和英制锅炉运到，1944年1月底开始安装，至8月5日试车，26日正式发电，至此，除"西太后电机"留作备用外，其余各种杂牌原动设备全部停用。

1947年9月，雍兴公司将新丰160千瓦电机拨给蔡纺厂，并协助蔡纺厂制订3万纱锭扩充计划。1948年4月，雍兴公司中止了扩充计划的实施，要求疏散剩余机器。蔡纺厂遂将安装未开的加尔法纱机2100锭和从豫丰拨来的勃拉特纱机1680锭一并装箱运走，新丰电机安装也随即停止。依据雍兴公司紧缩计划，蔡纺厂留用修机间机床6台，技工13人、资遣2人，其余18台各种金属切削机床和技工45人拨付西北机器厂。

需要特别说明的是，尽管以现在的眼光看来，当时的西北机器厂、蔡纺厂设备十分简陋，但包括这两厂在内的雍兴所属企业，已是旧中国工业落后的状态中不容忽视的棉毛纺织力量。何况西北机器厂除生产纱机外，还生产过全套织机设备。

蔡纺厂的建设采取边筹建施工、边修配设备、边安装投产的办法，于1941年11月1日试车投产，因原动限制，仅开400锭，年底开至800锭，1942年1月1日正式开工生产。1944年底，开1.02万锭，年产20支、16支棉纱7000件（英制重量单位，每件纱重400磅、折合181.44公斤）。

蔡家坡纺织厂工友证章

1947年底，开纱锭1.644万枚，年产"太白积雪"牌32支、20支、16支、10支棉纱1.1766万件。蔡纺厂只纺纱，没有布机，所产棉纱归雍兴公司统一销售，厂内不做营业，产品销售西北各地，颇有声誉。1949年7月，军代表秦天泽接管移交时，蔡纺厂有员工宿舍、家属住宅、饭厅、子弟小学、医务室、俱乐部、运动场、图书室、幼稚园、浴室、贩卖部等生活福利设施。全厂总计建筑面积38382.12平方米，其中生产用建筑面积24023.67平方米，共有职员57人、工人1195人。

1949年5月20日，西安解放，雍兴公司被收归国有，经过三个月的整顿，9月1日改组为西北人民纺织建设公司，陕甘宁边区政府民政厅派傅道伸（纺织工程专家和教育家，1950年加入民建，是陕西纺织工业奠基人之一）为西北纺建公司经理，蔡家坡纺织厂也随之改为西北人民纺织建设公司第二棉纺厂；1951年7月27日，改名为西北纺织管理局第二棉纺织厂；1952 年 7 月 14 日，又改名为国营西北第四棉纺织厂；1953 年 8 月 6 日，再次改名为陕西第二棉纺织厂。1966 年 12 月 16 日，改名为国营陕西第九棉纺织厂。

西纺二厂第一二届职工代表合影

　　1950 年，自全国纺织工业会议确定"纺织工业向内地发展"方针起，陕棉九厂历经 3 万锭迁扩建工程、脱胶厂、罗布麻车间、帆布厂（含棉帘子布）、5 万锭迁扩建工程、染整车间、纸布复合纸研制项目及复合车间、引进气流纺纱机、修机车间、锦纶 6 浸胶帘子布工程、织整车间等 11 次改建扩建工程，至 1990 年底，有生产车间 14 个，科室 48 个，职工 7543 人，环锭细纱机 126 台，纱锭 52620 枚，气流纺纱机 4 台（672 头），织机 974 台，染色防水设备 43 台（套），复合机 4 台，锦纶帘子布生产线主机及配套设备 4416 台（件）；占地面积 1040.377 亩，房屋总建筑面积 307334.07 平方米，其中生产用房建筑面积 136470.02 平方米。1951 年，首创西北地区 20 支棉纱每锭 20 小时生产 1.015 磅新纪录，创造了孟天禄值车工作法；1953 年，建立田生玉温湿度管理制度，推广李甲辰末道值机工作法；1955 年，总结出吕桂枝络筒工作法；1956 年，总结出焦淑彩并条值车工作法；还先后总结出棉毯值车工作法、帆布场值车工作法、帘子布值车工作法、复合机值车工作法等，均在本厂、陕西省乃至西北地区得以推广。1949—1990 年间，生产棉纱 26.4 万吨，棉、帆布 3.6 亿米，棉帘子布 3.9 万吨，实现利税累计 3.8 亿元，累计调出支援其他单位的职工 2147 人，是西北最大的产业用布生产厂，为国家经济建设做出了重大贡献！

原陕九锦帘厂区锦凤雕像

再后来，因为一些工人们众所周知的原因，陕棉九厂先后更名为陕西九棉实业股份有限公司、宝鸡九州纺织有限责任公司，由省属企业变为市属企业。其间，发生过许多许多的事，我已不愿再说，更不忍再说。唯愿老陕九的工人师傅们身体健康、阖家安泰！

2017 年 1 月 19 日

西机建厂记忆

今冬的第一场零星小雪之后，红彤彤的太阳从雾霾中挣扎而出。

摆在我面前的，是一张黑白老照片——中华人民共和国成立前西北机器厂厂景，近处数排厂房在记忆中拔节生长，远处还是沃野平畴……

西北机器厂旧貌

1940 年 7 月，时值抗日战争第九年，雍兴公司蔡家坡纺织厂的筹建工作即开始于此时。之后逐步开始在蔡家坡筹建机器厂、酒精厂。

1940 年 11 月 1 日，雍兴公司开始筹建机器厂。待蔡纺厂位置选定后，决定在其西邻建设为蔡纺厂配套生产、修理纺织设备和零件的机器厂。因抗日时局的急剧变化，当时仅购置土地 116.4 亩，1941 年 3 月破土动工，初建的厂房均是一些简陋的平房、草棚，在不具备生产条件的情况下，4 月就开始承担雍兴公

民国时期，雍兴公司长安印刷厂门前，
着长袍者为束云章

司所属厂修配任务，当时尚未安装动力设施，机械加工全靠人力摇大轮、拉风箱、抡大锤进行生产，工人每天要进行 12 个小时以上的劳动，一个月只能休假一天。8 月 1 日机器厂宣告局部投产时，已建成厂房 5126 平方米，拥有职工 200 余人，其中设计人员 7 名、新招学徒工 180 余名。雍兴公司 1940 年 10 月购进的济南成通纺织公司内迁部分机床及 6000 纱锭半成品和一批五金材料，除将 2000 锭留西安修配外，剩余纱锭及材料全部运至机器厂修配安装。另外，安装各种金属切削机 25 台、27.5 千瓦原动机和 6.4 千瓦直流电机各一台、柴油机锅炉等配套设备共计 8 台。主要任务是修配一些残缺不全的生产设备和承修公司所属各厂一些旧纺织机，以及研制酒精蒸馏设备等少量其他设备。至年末，机床设备增加到 60 台，全厂职工总数 480 人，其中职员 56 名、生产工人 297 名、辅助工 127 名，建成厂

20 世纪 40 年代生产的梳棉机

20 世纪 40 年代生产的二道清花机

20世纪40年代的装配工作情形

20世纪40年代生产的36式精纺机

试车情形

房29幢413间1万余平方米。

机器厂的征地情形，由于资料所限，尚无法详记。但李巨怀先生在他的长篇小说《书房沟》中，演绎了一段鲜活的故事，由此可窥一斑。

大礼帽、文明棍、金丝眼镜、长袍马褂的龙尾乡两个最具声名的头面人物，站在一身中山装矮胖子的强盗头跟前时，他们带来的五六十号武装保丁、家丁还没有缓过神儿呢，便被哗啦啦一圈子的神勇兵士们缴了械。中山装矮胖子从公文包里掏出一张陕西省政府的公函在他们俩面前抖了抖，他们两个人一个字都没看清，人家就噌地收进了公文包。大老鸦贾乡长早已被这阵势吓进了娘肚子，浑身筛糠一样哆嗦起来。王大保长虽说也被这阵势吓得够呛，但他紧咬牙关，硬撑着举起了他的文明棍。

"你，你们在光天化日之下想干什么？这可是我们方圆十几里百姓的口粮田，你们想抢不成？你……"

还没有等他把后半句话说完，中山装矮胖子袖子一甩，上来两个当兵的"咔咔"两枪托就把他打翻在地，眼镜掉了，帽子滚了，文明棍被拦腰一脚踏成两截，王大保长便只有出来的气没有进去的气了。大老鸦贾乡长吓得赶紧跪下来响头磕个不停，满口的致歉声。

"我，我死不瞑目，我，我要亲自到重庆找蒋委员长告你们这伙强盗。"王大保长像是被打断腰的癞皮狗，嘴却没有一点儿认输的样子。大老鸦乡长看着中山装矮胖子定下神时，一番番磕头作揖后，他们一帮人才把王大保长抬回了书房沟。

中华人民共和国成立前的职员住宅

中华人民共和国成立前的工眷住宅及员工宿舍

中华人民共和国成立前西北机器厂铁工场工作情形　中华人民共和国成立前机工场工作情形

1942年，机器厂新的机加工场竣工。

1943年，设计人员由初建时的7人增加到34人，占全厂职员61人的一半多。1944年，设计人员绘制图纸307种7069张，此时需要研制的全程纱机和部分织布机的图纸和模型已基本齐全。1943至1944年，机器厂自制牛头刨等车床15种139台，自制率达92%。为保证纱机产品质量，对细纱锭杆和弹簧代用品等热处理技术均试验成功，建立了热处理室。

1945年，机器厂从解包、清花、粗纱、细纱到摇纱、打包等所有纺纱设备，基本上已都能制造。生产全程纱机初具规模。同时，机器厂用电改由蔡纺厂附属电厂供电，生产和照明用电得到全部解决。年初，职工增至800多人。

抗战胜利后，国内经济一度萧条，机器厂解雇职工386人，至1946年因物资供应紧张，重新开始招工。

1947年，全厂职工达到870人，生产设备增加到265台。这时机器厂除能承担全程纺纱机械制造外，开始着手改进老式纱机，开发织布、提花等机械设备，生产效率及纱机精度均有较大提高。据机器厂1947年营业报告记载："……（改进的）J-2式细纱机……

与以往制造的成通式和勃拉特式相比，操作简单，出数提高，在国产纱机中，可称最优秀者。""本厂所制之全套棉纺机器，经各厂装用结果，可与舶来品相比美。"虽然生产不断发展，但工人们的生活是困苦的，劳动条件恶劣，经常遭受打骂，工资低下，住所狭小，医疗条件差，这些直到中华人民共和国成立后才逐步得到改善。

1948年4月至1949年夏初，解放战争胜利在望，官僚垄断集团企图解散机器厂，将100余台生产设备和部分员工搬迁到江苏丹阳，后又转运台湾。与此同时，资方在厂内又大批裁减职工，致使工厂生产能力显著下降。在共产党的地下组织领导下，广大工人组织护厂，进行"请愿"斗争，加之当时厂长陈辉汉等个别高级职员、工程技术人员从中斡旋，终于使工厂得以保存。1949年7月16日，人民解放军接管时，全厂有职工408人，拥有各种生产设备144台，厂房建筑面积19284平方米。

由于当时汽油奇缺，雍兴公司在与机器厂相邻处，还建有蔡家坡酒精厂，自制酒精，以代替汽油，解决雍兴公司西北运输处120辆卡车的燃料问题。蔡家坡酒精厂，也是由机器厂首任经理

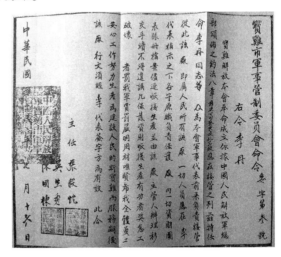

此图为接管西机的命令。（接管陕九的为"委字第贰号"）

杨毓桢（东北大学校办实习工厂首任厂长）负责筹建并兼任酒精厂首任经理，与蔡纺厂、机器厂几乎同时动工兴建。征地 100 多亩，购置了 20 马力锅炉等生产设备，部分设备由机器厂生产。先采用干燥法制取，后采用液体发酵法，月生产酒精 26 万加仑，需用高粱、玉米、大麦等原粮 120 万斤。还附设有面粉加工，工人最多时达 420 人。后来汽油有了来源，就停止了酒精生产，扩建为面粉厂，安装了机器厂自制的大型面粉机，日产面粉 500 袋，供应公司各厂及市场应用，还兼营酱油、味精、食醋、淀粉等调味品。1949 年 7 月 16 日，人民解放军接管后，改为西北人民面粉厂。随着大西北的解放，1951 年 5 月 15 日，西北工业部决定将人民面粉厂迁至新疆，全部房地产拨给西北机器厂。

雍兴高工胸章

雍兴公司为了培养自己的专业技术人员，1942 年，在傅道伸精心指导下，还在今西北机器厂六村所在地，创办了私立雍兴高级工业职业学校，由机器厂时任经理吴本蕃（纺织机械专家，中华人民共和国成立后任纺织工业部机械局顾问、二级工程师等职，1956 年加入民盟）任首任校长，内设机械、纺织两科，共历五届，招生 300 多人，先后在校毕业 200 余人，大都分派在雍兴公司各厂及中国银行所属的重庆豫丰、合川纱厂服务。1950 年，高职校迁至咸阳，两科分别发展为咸阳机器制造工业学校和咸阳纺织工业学校，后来两校历经数次更名、与其他中职院校合并、升格，成为陕西工业职业技术学院和陕西纺织服装职业技术学院。2010年，陕西纺织服装职业技术学院并入陕西工业职业技术学院，历经68年，起源于西北机器厂的私立雍兴高级工业职业学校终于华丽转身，以现有在校生2万余人、教职工1000余人的高职院校身份，于百里之外再次团聚，在中华人民共和国成立后60多年的发展历程中，共培养各类专业技术人才11万余名，为陕西乃至全国装备制造业、服装纺织业的发展做出了重要贡献。

为了解决蔡三厂员工子弟的上学读书问题，雍兴公司从1942年秋就开始筹办小学，初请扶轮小学在蔡纺厂代办临时班。1943年公司决定自办学校，附设于高职校，校名为"私立蔡家坡雍兴三厂员工子弟小学"。1944年因校舍不敷，在蔡纺厂设立本校，机器厂设分校，后又合并。1946年元月，经陕西省教育厅批准，校名改为"岐山县私立雍兴小学"。1948年秋，学校迁入高职校内。1950年秋，西北军政委员会工业部通知西北人民纺建公司（原雍兴公司）：三厂小学分归各厂自办，腾出校舍扩办高职校。至于高职校1948年9月起是否停办、1949年间有何经历、为何由扩办改为迁办，尚未找到相关资料证实。

此外，据《甘肃经济日报》2012年2月6日第八版转载的《抗战时期中国银行对甘肃的贡献》一文知晓，1941年雍兴公司曾在兰州成立西北机器厂兰州分厂，为当时甘肃最大的机器制造企业，生产设备先进，产品品种较多，满足了甘肃省工业企业的需求。1942年12月建成的兰州面粉厂，其首任经理即是为蔡纺厂选址的韩巨川。

中华人民共和国成立后，西北机器厂历经三次较大规模的扩建、改建，科研生产能力在国内同行业中始终占据一定优势。至1989年底，占地面积千余亩，厂房建筑21.3万平方米，职工5078人，其中各类专业技术干部1125人，生产设备868台，为包建、援建新厂向外输出干部工人2000余人，可生产半导体集成电路设备、电子元件工艺设备、电真空设备、钨钼丝加工设备、力学环境与可靠性试验设备、电子工业通用设备、电线电缆生产设备、其他设备等八大门类一千个品种的机械、电子专用设备。然而当时间走向2008年1月，西北机器厂通过债转股，整体改制为西北机器有限公司，总部设在了西安高新区，蔡家坡成了公司的加工制造基地。

时光荏苒，对于我们这些从小就生长在西机的孩子，很长一段时间里，没有人会关注和记起厂子的历史，五十、六十周年之于我们，只是几个可以用来炫耀的数字。我们曾经固执地认为我们厂是最好的，我们的职工消费合作社里的东西是最多最全、过年前人气最旺的，我们正月十五的焰火晚会、灯会吸引着三个厂和车站的居民扶老携幼，站满大小操场、灯光球场，尽管那时的礼花弹是一颗一颗打上天的，可在那个年月里是神圣的存在。我们潜意识里觉得，西机厂才是老大，其他厂都是小弟。

以国企改革、工人下岗为标志，以及一些工人们众所周知的原因，我们的西机一天天颓唐了下去，而陕汽、陕齿的发展早已不可同日而语。"雄伟的西北机器厂，矗立在中原大地上，团结拼搏，敢打攻坚仗，求实创新，科技争先锋……我们是电子工业的栋梁，前途无量、前途无量前途无量"的旋律在脑袋里不知何时轰然撞响，还是会忍不住默然怅惘！

都说"盛世修志""治天下者以史为鉴，治郡国者以志为鉴"，当一位陕齿的友人自西安将两卷《法士特厂志》的照片发来时，看着那装帧精美、据说五年一编的厂志，我凝视许久，默默无言，就这么拿着手机呆愣在了那里，胸口有如石堵。真心地希望有那么一天，我们的西机能再现往日的辉煌，能让西机的孩子像曾经的我们那样再次自豪地宣称，"我是西机的孩子，我的家在西机"，与岐山无关，与蔡家坡无关！到那时，也能认认真真地好好修一部厂志，记录下建厂以来的苦难与辉煌。

2017 年 1 月 10 日

陕棉十二厂建厂记忆

宝鸡申新大门旧貌

正月里，是新春，想家一直到梦中。

我唱家乡曲，工友你仔细听。

二月龙抬头，工友心难受。

汗水湿衣衫，上工真发愁。

三月桃花香，骂声小东洋，
害得我离家乡，逃难到四方。

四月麦梢黄，告示贴上墙，
申新正招工，我进了纺纱厂。

五月五端阳，天天把工上。
三遍铃声响，催我快起床。

六月热难当，站队到食堂。
大米、馒头和面汤，小菜有三样。

七月里来七月七，车子真出奇，
生活好做人欢喜，开花我心着急。

八月里八月八，毛辊开大花。
组长见了骂，先生见了罚。

九月九重阳，过节发奖赏，
两包花生一包糖，"谢谢蒋厂长！"

十月夜班长，哎呀我的娘：
"孩儿受罪在外乡，一夜真比一年长！"

十一月，雪飞扬，忙把假请上。

打了门票出了厂，鸟儿今日展翅膀。

腊月过了就过年，受苦一年回家转；

过了潼关过洛阳，过了洛阳是家乡。

哎呀，是家乡！

这是一首自宝鸡申新纺织厂流传下来的歌谣，唤作《工友歌》，因为年代久远，它的曲调已不为笔者所知。它以朴实无华的口语，叙述了纺织工人一年十二个月的生活、劳动、忧愁与欢乐，倘不苛求，足可称得上是宝鸡申新纺织工人的《豳风·七月》！

陕棉十二厂的前身，正是宝鸡申新纺织厂。

梦回长乐园（摄影：宝鸡摄影网人像版主　乐乐爸）

宝鸡申新纺织厂是汉口申新第四纺织公司宝鸡分厂的简称，也简称为"申四宝鸡厂""申四陕厂"，在西北地区，社会上通常所说的"申新"也是指宝鸡申新纺织厂，属于荣家企业。

汉口申新第四纺织厂（简称"申四"）建厂之前，荣家在汉口创办了福新第五面粉厂（简称"福五"）。荣宗敬、荣德生把福五建厂的任务交给了于唐山交通大学土木工程毕业只有两年的工程师、荣德生的女婿李国伟。福五建成时，正当一战结束，欧美各国面粉工业尚未恢复，面粉厂产销两旺，武汉纱、布市场亦好，而福五粉袋尚需依赖无锡、上海申新各厂。因此，荣宗敬决定在汉口开设申新第四纺织厂，李国伟又一手组织了申四建厂工程。1921年春，申四开始建厂，8月，厂房建成并开始安装机器；1922年3月4日，申四开机生产。汉口申四建成后，可谓七灾八难，历经1923年日本泰安纱厂收购危机、1925年10月因亏损停工、1931年7月武汉水灾、1932年3月29日的大火，于1933年重建。至全面抗战爆发前，申四纱机达到5万锭，布机增至875台。

1937年7月，全面抗战爆发，日寇侵占我国东南沿海大片领土，上海、无锡沦陷，荣家在这两地的各厂或毁于炮火，或被敌人侵占。时任申四经理的李国伟不甘心自己亲手建造起来的工厂落入敌人之手，打算将工厂内迁。1937年12月，

李国伟、荣慕蕴，1947年于汉口

李国伟派瞿冠英到重庆，与先期入川的申四人员一起选择建厂地址。1938 年 4 月，李国伟亲赴重庆购定土地，为申四迁往重庆做好了准备，但却遭到荣德生和在上海的申四股东的坚决反对。而支持李国伟主张的，则是以后来成为申四重庆厂和宝鸡厂领导者的章剑慧、瞿冠英为首的一批充满爱国激情、誓与日寇抵抗到底的年轻职员。于是，李国伟一面派人疏通关节，一面派章剑慧负责拆除部分机器。1938 年 6 月，申四包下英商怡和轮船公司轮船，装载旧纱机 2000 锭驶往重庆。

上图为汉口申四办公楼，该建筑已于 2008 年被拆除（陈思摄影）；下图为汉口申四、福五工业遗产中硕果仅存的原福新五厂老车间，现已列为武汉市文物保护单位

长江上游道狭滩险、水急浪高，从汉口上驶的轮船到宜昌即须换船转运，申四的机器都堆在露天，目标很大，宜昌亦经常遭到敌机轰炸，申四员工找到 70 余只木船，经过千难万险，历时半年才将需要疏散的一部分机器运到重庆，总计有纱机 1 万锭、布机 80 台。1939 年 1 月，申四重庆厂开车生产，初名"庆新"，直至 1940 年才改称"申四

重庆厂"。

汉口申四内迁的目标后来转向陕西宝鸡，除了时局的变化，还与共产党领导的抗日民族统一战线和时在汉口的周恩来、博古的促成，以及在美国记者斯诺夫妇倡议下、由新西兰人路易·艾黎为召集人的"中国工业合作协会"（简称"工合"）运动的形成、发展有关。

在艾黎的协调周旋下，1938 年 8 月 4 日，宋美龄和蒋介石的顾问端纳同艾黎一起到申四视察。视察后当场决定：申四必须把全部机器迁到后方去；往重庆的水路已拥挤不堪，没有船只来装运机器；往西去的铁路尚能通到陕西宝鸡，那里比较安全；政府可以尽力调拨车辆，协助迁运。5 日，武汉市政府召集各工厂主开会，宣布所有工厂都必须疏散到后方去，否则将实行"焦土政策"，全部炸毁。会上，艾黎向与会者讲述了上海沦陷后绝大多数工厂遭到破坏或被侵占的情况，动员各工厂迁到后方、迁到西北。章剑慧代表李国伟参加会议，第一个表态愿意内迁。申四股东认为宝鸡太荒凉、偏僻，没有开设工厂的条件，荣德生电告李国伟："设法挽回。"8 月 8 日，申四得知政府将把大冶各矿破坏，感到拆迁势在必行。8 月 11 日，李国伟复电荣德生："拆迁已定，无法挽回。"他一面让副经理华栋臣按照股东的意见，把部分机器拆下藏到旧法租界和其他外商栈房中，一面指挥职工将其余纱、布机和发电机等拆卸、装车。

1938 年 8 月 14 日，机器开始装车。16 日，第一列满载机器的火车向宝鸡驶去，由于日寇飞机轰炸扫射，火车开开停停，用了六七天时间才开到宝鸡。31 日，李国伟写完给申四股东的述职信后，于当晚坐上西去的火车前往宝鸡。李国伟到达宝鸡后，与先期到这里的瞿冠英会合，把瞿冠英选择的厂址最后确定下来。因同上海股东间的联系被切断，李国伟独自做出决定，即呈请县府批准购地，由县府出面圈地，并向抗议征购的农户晓以大义。9月初，李国伟从宝鸡匆匆返回汉口，继续指挥拆迁事宜。

此时，武昌危急，汉口每天都会遭受空袭，申四、福五工人日夜抢运，至9月10日，运到宝鸡的机器已达60车皮，及至9月20日，汉口两厂方才全部拆卸完毕。机器总计6000余吨，以及织布工场房屋的木料门窗、机瓦和面粉厂栈房的白铁瓦、钢架屋顶等，全部装运至宝鸡。装箱后本可以从申四厂前装上火车，因驻军须在那里修筑防御工事，不得已改用驳船从水上运至铁路线装车，在一次转运过程中，经长江时遭遇大风，机船翻沉，致使一台1000千瓦的发电机和200多箱机件沉入江中，全部损失。另有装运修理工场机床和建筑材料的火车，因平汉铁路柳林车站失守、汉口沦陷，被日寇劫去。最后运到宝鸡的主要物资设备，仅有纱机2万锭、布机400台、3000千瓦发电机一组，以及钢磨12部、日产3000袋的面粉机一套。武汉沦陷后，汉口申四被日军占据，做了汽车修理场，其历史从此中断。

宝鸡，位于关中平原的西尽头，北有高原，南依秦岭，渭河流经其间，彼时没有高楼

"工合"的三位发起人，中为路易·艾黎，左为工程师吴去非，右为卢广绵。1940年，艾黎还在双石铺开办了一个技工学校，以他美国朋友的名字命名为"培黎学校"，1952年培黎学校迁至兰州，改名为"兰州石油学校"

和雾霾，渭河平原一马平川，乾隆许起凤版《宝鸡县志·卷一》载："班孟坚汉书云，面波千顷，目秀万峰……山原巇嵘，涧溪漾纤，如螺如带，现秀逞奇。"申四宝鸡厂的选址，即定于宝鸡的斗鸡台，陇海铁路十里铺车站北、陈仓峪下。虽然这里风景绝佳，但申四迁来的职工眼前面对的是一片工业的荒原。宝鸡县城到斗鸡台之间没有公路和汽车，没有电，没有煤，县城内多为农业人口，谁也没有见过机器，厂址内一人高的茅草占据了大部分土地，周围稀稀疏疏住着一二十户人家。1937年3月，陇海铁路通车宝鸡，全面抗战爆发后，逃难者乘火车蜂拥而至，宝鸡的人口才有所增加。申四未被遣散的职工从汉口随车押车，或乘客车而来，甚至有五人从汉口步行而来，还有一人从重庆步行到宝鸡，这第一批的几十名职工无处居住，便在车站票房后用帆布和瓦楞铁皮搭起棚子住下，后来还借到陇海铁路局的两节守车居住。厂方把10台细纱机以每锭每月1元钱的租金租给西安大华纱厂，以维持大家吃饭。除工资较低者外，大多职工只能领取50%~70%的工资，一些家属就去挖野菜，到渭河滩捡螺蛳。1938年底，陆续到达宝鸡的汉口工人约有200人、职员40余人，共购买张家村、张家底一带土地395.6亩。

1938年10月，申新开始在宝鸡兴建房屋，所需青砖和小青瓦多由西安、咸阳购得，石灰购自耀县，由火车运到宝鸡。1939年4月，开始兴建纺纱工场，并

梦回长乐园

从洛阳辗转收购水泥。10月，申四副经理章剑慧到达宝鸡督促建厂，他从重庆经济部申请到 1000 桶（每桶 85 公斤）水泥，又从陕西省主席蒋鼎文处讨得钢筋 50 吨，勉强解决了建筑材料问题。

从汉口运来的 3000 千瓦大发电机因原动厂房未建好一时不能安装，申新决定寻找小引擎以应急需。1939 年夏，找到的一台 75 匹马力蒸汽机被驱动起来，当夜，给十里铺车站临时拉上了电灯，电机开动，站台明亮耀眼，车站外站满了从未见过电灯的壮汉。这时，一列东来的火车开了过来，火车司机远远望见前方灯火通明，不解到了何处，连打信号询问。申新用这台引擎带动一台清花机，又带动纺纱机，8 月 9 日，一台细纱机开始出纱了。申新以从各处搜寻来的 12 部木炭燃料汽车头引擎做动力，于 1939 年底开出 6 台纺纱机，使 1645 枚纱锭开始运转，时有工人 570 人，不到半年生产 16 支、20 支棉纱 390 件，全部由国民党军政部征购。

1939 年 9 月，日寇占领山西，陕西是否安全、原动部建与不建、大电机能否安装，在宝鸡的申新高级职员都感到难以决定。厂长瞿冠英审时度势，主张开至 4000 锭后全面建厂。他考虑，日寇短期内无法侵入陕西，此时中原战区铁路全被拆除，豫省棉花不能东运，沪汉棉纱不能西来，这正是宝鸡申新独家进取的大好时机。因此，不能不尽早着手安装大透平电机，一旦局势明朗，申新就可大展宏图。瞿冠英又说，万一形势恶化，安装与不安装的危险性并无大的区别，权衡利弊，应以迅速建筑原动部为上策。他将自己的这些分析写信报告给经理李国伟，得到李国伟的同意，李国伟命令迅速建筑原动部。因大电机和锅炉体积太大，为防空袭，决定在平地上建一座具有窑洞功能的堡垒式建筑，把墙壁和屋顶的厚度加大到通常设计的三倍以上，在平顶屋面上用了密排的"T"字形水泥梁柱，梁内以铁路路轨做钢筋，屋顶共浇筑混凝土 7 立方米，然后在屋顶堆积 10 余尺厚的黄土层，伪装成小山包。

原动工场动工已是 1940 年春天，在其建设过程中，1940 年 6 月 27 日，申新又租借到一台陇海铁路局弃置不用的"平汉 404"型火车头进厂，经过修理改装，将联杆换上了梅花形的连接头，把车轮垫起来，于 7 月 23 日开始运转，用皮带带动纺纱机，共开出 4000 纱锭。年底，安装有 3000 千瓦透平发电机的原动工场建成，1941 年 1 月 5 日正式运转使用，全年可发电 1500 万度，除了本厂使用，尚有富余供给附近小厂用电和宝鸡城内部分照明用电。

1939 年 12 月，李国伟从汉口至上海，又辗转香港、重庆，到达宝鸡。他于 7 月在上海养病期间，扶病制定了建厂规划，准备在陈仓峪开挖山洞建筑地下工场。西安大华纱厂于 10 月遭日机轰炸，纱机全毁，这使李国

火车头带动纺纱机

伟更加坚定了建筑窑洞工场的决心。李国伟到宝鸡后，详细勘察了陈仓峪下的地形地貌，并向陇海铁路局工程师吴凤瑞和早已来到宝鸡并在宝鸡"工合"工作的艾黎征询意见，他们都认为建造窑洞工场可行且是避免空袭损失的最好办法，并支持申新的这个计划。李国伟向荣德生报告，请求允准。1940 年 1 月 5 日，荣德生复函李国伟，同意照造。申新在这一月破土动工，开始由本厂监工马少安负责施工，至 3 月，掘进约 24 米，中旬将全部工程包给建筑公司。4

月15日，荣家从安全和耗资两方面考虑，以申四股东名义通知李国伟，提出"中止"建造窑洞工程计划，李国伟复函"业已开工，中止不便"，工程继续进行。施工数月，虽发生坍塌等险情，但施工人员无一伤亡。后因物价飞涨，承包工程的上海建业营造公司要求中止合同。11月3日，李国伟命复旦大学土木工程学士、时年29岁的工务主任李启民主持此项工程。李启民具有专业知识，每有险情亲临洞内现场设法排除，因此工程进度较之前有所加快。

尽管如此，还是未能按李国伟的原计划进展，无法将纱、布机全部开出。为了早日全面复工，李国伟心急如焚，12月24日，他在第十四次厂务会议上说："环视西北半壁，纱厂寥寥无几家。无论前方将士，无论后方民众，均有赖吾等接济。所以我们应从速完成建厂任务，努力增加生产。""在这紧急时候，多增加一份生产就是多一份国力。"李国伟急于完成宝鸡建厂任务，为国效力的心情溢于言表。他希望在年内完成开车计划，但终因窑洞工程未完工而未能实现。

窑洞工场

1941年2月28日，窑洞工场工程终于全部竣工。窑洞工场建于长乐塬脚下，依北崖由东向西共有南北走向窑洞24孔，其中60米以上的7孔，最长的约110米。这7孔长窑洞由6条东西走向的横洞将其联通起来形成网络，既可做洞与洞之间的运输通道，也可流通空气和遇坍塌时保障洞内工人的安全，形成了一个巨大的地下车间。窑洞的宽度一般在2.1米~4.9米之间，最宽的达5.5米左右，窑洞全长1793.7米，占地约4831平方米，总容积15687立方米。窑洞深处有直通地面的通气天井3眼，用3台鼓风机排气以加速空气循环，由于风力小、空气不洁，故后来窑洞工场实行8小时工作制。窑洞工场内安装运至宝鸡的2万锭纱机中的前纺部全套纱机和细纱机1.2万锭，申新纺纱部设备的70%皆安装于洞内。4月19日，窑洞工场正式开始运转，被命名为"纺纱第二工场"。5月8日，地面车间纱机开齐。1942年2月6日，织布工场开机2台试车；3月16日，织布工场经纱开车，开始织布。

黄土高原上的窑洞有着悠久的历史，但自古以来就只是作为民居使用。像申新这样用以安装万锭纱机、集中二三百工人进行大工业生产，此前闻所未闻。此项工程，为战时工业开创

"长乐塬抗战工业遗址"改造前的窑洞工场

了先例，轰动一时，受到政府及同业者的赞许，后来还有多批中外媒体、名流、政要前来采访、参观。这个窑洞工场在建成后70多年仍然没有完全废弃，至今还有外表保存完整的19孔窑洞，有些是供人居住，有些被用作机械加工，有些被用作工艺加工，有些甚至还作为藏酒的酒窖。

1943年11月20日，著名文学家林语堂到达宝鸡，第二天就到申新纺织厂参观，并向全体职员发表关于自己旅美感想的演讲。次

宝鸡申新纺纱第二工场（窑洞车间）外景

日，他在宝鸡青年会同青年代表见面，他说在美国，任何集会上中国的国旗都是与美英苏的国旗并列挂在一起，叫作"四强"，这是中国的光荣，是前后方四万万五千万男女同胞流血流汗争得的。他说宝鸡的申新纱厂与"工合"就是抗战以来最显著的成绩。林语堂后来写了《枕戈待旦》一书在美国出版，介绍了中国人民抗战的情况，特别记述了宝鸡申新纱厂的地下工场，说是他所见到的中国抗战期间最伟大的奇迹之一！

1941年1月5日安装有3000千瓦透平发电机的原动工场建成运转，4月19日安装有前纺全套机器和1.2万锭纱机的窑洞工场开始运转，标志着申新宝鸡厂自1938年8月14日内迁后全面复工！

此外，1940年7月，申新宝鸡厂厂长瞿冠英开始主持修建工厂大门。1941年9月，申新工程师王秉忱绘制了总办公厅及礼堂图样，次年1月总办公厅破土动工。总办公厅是砖木结构带地下室的两层楼房，东西长约37.5米，宽约13米，楼高约9.4米，楼顶为双落水单瓦屋面，以女儿墙掩护。办公楼通体清水砖墙，水泥嵌缝，入口处用磨砖圆角，建筑精致。楼的正门上方刻着"福新申新大楼"几个字。进入大楼至门厅，东西穿堂两边分别为厂长室、会客室、文书室、会计课，西边为总务课、接引室等。上楼，东边是经理室、会客室、秘书室及文卷室，两头还有客房及餐室。楼上正中是一个大厅，是准备举行宴会的地方，近 5 米高的长玻璃窗，使大厅显得格外宽敞明亮。凭窗望远，但见终南耸翠，鸡峰入云，犹如绝佳的天然图画。1943 年春，办公楼竣工，楼上入口处悬挂黑底红字匾额，上书"福新申新大楼"六字，为国民党中央监察委员吴稚晖所题。4 月 14 日，各主要办公室迁入大楼办公。这一天，申新的主人在新楼迎接了他们的几位同行伙伴：西安大华纱厂（陕棉十一厂）经理石凤翔、雍兴蔡家坡纺织厂（陕棉九厂）副经理张仲实、雍兴咸阳纺织厂（陕棉八厂）负责人刘绍远。

这栋办公楼在中华人民共和国成立后曾称工会大楼，楼前有个喷水池，池中有千里马雕塑。楼里面有一枚一人高的炸弹壳，为日寇轰炸时拆除了引信和火药的哑弹。

福新申新大楼

自 1940 年 2 月始，申新及其后来成立的农林股即开始在厂内及周边、山坡、长乐园、背后塬顶植树造林、栽花种草以美化环境，栽植有杨树、柳树、洋槐、梧桐、榆树、合欢、枫树、楸树、楝树、椿树、柿树、木槿、柏树、核桃等多种树木和迎春花、牡丹、石竹、菊花、三色堇、蔷薇、碧桃、梅花、海棠、小叶女贞、丁香、金银花、紫荆等花卉。

宿舍院内的申新女工，多数可能因从未照过相而显得拘谨。
本地女子因受观念束缚，很难招录，申新工人 80% 来自河南

申新职员住宅区在长乐园，其中有一处建筑标准最高的职员住宅——"忠"字 5 号甲种住宅一栋，那是李国伟为"乐农先生"荣德生建造的。1943 年 2 月由王秉忱设计，于同年 8 月 3 日落成，这一天正是荣德生 69 岁生日，"忠"字 5 号依荣德生旧居仍称之为"乐农别墅"。乐农别墅为砖木结构的两层楼房，清水砖墙，青瓦屋面，砖柱、松木楼板、苇箔平顶，仅雨篷使用水泥。建筑材料平常，但家居所需设施十分齐备：从一楼入，左为衣帽室，右为浴室；穿堂两边分别为客厅、起居室、书房、日光室、备餐室、餐厅、厨房，

另有储藏室等。楼上有 6 间卧室、1 间起居室、2 间浴室。若与无锡梅园"乐农别墅"和汉口福新路申四、福五厂内的"乐农别墅"相比，似并无逊色。只是这幢舒适的小楼自建成后一直空着，乐农先生从未到过宝鸡。1944 年 12 月，工程师钱仲纬至宝鸡主持申新职训班，便居住于此。1951 年，新秦公司将其改作来宾招待所，大体使用至 1984 年前后。

修缮前的乐农别墅

抗战期间，申新宝鸡厂在大后方发展成了一个举足轻重的企业集团，开设了福新面粉厂、申新铁工厂、宏文造纸厂等分厂，现今宏文路即得名于宏文造纸厂；在上海、西安、兰州、天水设立了办事处；在三原、泾阳、渭南、咸阳、汉中、东泉店、耀县等地设立了采购部（即外庄）；在宝鸡设立了管理陕甘川三省供销业务的总管理处。厂内有 40 余辆卡车奔驰在川陕、陕甘、渝蓉、川黔公路上，一大批木船往返于嘉陵江上，成为当时内迁工厂组织完善的民族工业的典型之一。

抗战胜利后，李国伟返回汉口。由于当时通货膨胀，加上国民党政府、军阀、官僚的敲诈勒索，工厂发展受到抑制。1948 年，金圆券发行后，国民政府强制实行限价政策，申新宝鸡厂在限价时售出的棉纱损失达 50%，面粉损失亦达 25%，且原料难以补进，期货栈单无法兑现，结欠银行及各方大量纱布都结转为沉重债务。1949 年 7 月 14 日，宝鸡解放；21 日，二兵团第二军副军长顿星云、师长杨秀山等来厂参观；23 日，宝鸡军管会副主任吴生秀来厂；25 日，十八兵团胡耀邦等到厂召集负责人谈话；26 日，一野总司令彭德怀到厂休息一晚。人民政府成立后，逐步遏制了通货膨胀，市场物价趋于稳定。1951 年 2 月，申新宝鸡厂因总体收入减少，经济困难，加之劳资关系紧张，便主动向陕西省工业厅提出公私合作经营。省工业厅向省委和西北军政委员会写了请示报告。10 月，中央财委回电陕西省委、西北财委，同意合营，并于 11 月 5 日举行了《公私合营协议书》签字仪式。11 月 6 日，第一届董监事联席会召开，通过了《公私合营新秦企业有限公司章程》，决定了董事会和公司负责人人选。11 月 11 日，召开了公私合营庆祝大会，宣布"公私合营新秦企业有限公司"成立，统管纺织、面粉、发电、造纸、机器制造五个厂。合营后，由国家投资，扩建纺织厂，至 1954 年 2 月新纱场竣工，盖钢筋混凝土结构厂房约 22923 平方米，新增纱锭 34200 枚，安装全自动织机 738 台及配套设备。至此，共有纱锭 62940 枚，织机

995 台。

1966 年 9 月，公私合营新秦纺织厂支付私方股息结束，企业变为全民所有制，12 月 16 日更厂名为"国营陕西第十二棉纺织厂"。2000 年，陕棉十二厂改名为"宝鸡大荣纺织有限责任公司"。1989 年的陕棉十二厂，占地面积 40 多万平方米，其中建筑面积 19 万平方米，全厂职工 5760 多人，拥有纱锭 76208 枚，布机 2058 台及其配套设备，增添了精梳设备，又从国外引进双层箭杆织机、气流纺纱机、织编机多台，年生产 40 多种不同规格的纱线 1.2 万吨和坯布 3300 万米，并能生产天鹅绒和其他化纤织物。

申新宝鸡厂在极其困难的条件下努力维持衣食生产，供给军需民用，为神圣的民族抗战做出了贡献。这个企业是有功于国，有利于民的。它不仅是荣家企业的骄傲，在中国工业史上，尤其是宝鸡工业史上，也是浓墨重彩的一笔。它把以荣家为代表的现代民族资产阶级手中的先进生产力带到了西北，这对于促进十里铺地区及宝鸡经济的发展是有益的。当申新纱厂 3000 千瓦透平发电机开动，又带动 2 万多枚纱锭旋转时，位于十里铺的"秦宝工业区"迅速聚集了上百家手工织布工场，夜晚灯火通明，各种商业亦随之繁荣起来，数千人赖以为生。西北"工合"用申新的"四平莲"牌棉纱做经线、用甘肃等地的羊毛线做纬线，织出几十万条军毯，供给了抗日的前方将士。

每一个大厂，尤其是像申新这样的在中华人民共和国成立前即有传承或开始建厂的老厂，庇护着数代人的生存，形成了当今即将成为历史名词的"大厂子弟"以及他们身上特有的懂规矩、识大体、甘奉献、能吃苦、近木讷、不折腾的"子弟气质"，承载着几代人关于工作、奋斗、生活的或美好或辛酸的人生记忆，衍生出了各自特有的工业文化，还曾带动一个地区工业化、现代化的进程，甚至它们自身的存在就是所在地区工业化、现代化的开端。

　　每一个大厂，都值得尊敬、值得纪念！

上三图为西安大华·1935博物馆，左下为青岛天幕城，右下为春秋舍

幸有萧德勤、刘鉴、强文、李巨怀等先生，于数年之前就不断呼吁保护申新宝鸡厂遗址，建立宝鸡抗战纪念馆和宝鸡工业遗址博物馆及文化创意区，最近又欣闻长乐园违建开始拆除，金台区政府已经决定由一家企业组织实施，建设养老服务设施，并妥善保护乐农别墅、窑洞工场和申福新办公大楼。但愿不久的将来，长乐塬上、陈仓峪下，能出现有如西安西北第一印染厂之春秋舍、大华纺织厂之大华·1935博物馆、青岛丝织厂之天幕城一般的工业博物馆和文化创意、休闲商旅产业集中区，让这些老厂以另一种形式重新焕发生机。倘能如此，想必总会比简单的拆迁、开发房地产带来更多意想不到的收益！

2017年3月1日

陕西机床厂建厂记忆

陕西机床厂（简称"陕机"）是一个具有光荣革命历史，由军转民的老厂，其传承历史之悠久，在如今虢镇、千渭地区现存的大厂中，无出其右者。因此，在回顾陕机的建厂历史之前，不妨先回顾下老虢镇地区近现代工业的源流和发展。

陕机旧貌

据1996版《宝鸡县志》载，从北首岭遗址发掘考证可知，宝鸡县早在7000多年前的母系氏族社会，就手工制作生产工具。遗址出土4座陶窑、900多件陶器皿证实，当时县境手工业生产初具规模。秦汉时，工业门类增多，品种扩大，烧酒、榨油、米面加工，已朝着工场手工业方向发展。明清时，县城（今宝鸡市区）、虢镇、阳平、贾村、县功等集镇手工业作坊和店铺达数十个，行业有烧坊、缝纫、铁器、木器、造纸等，以虢镇源隆祥、福战公、西凤号万亨涌酒坊为最兴盛。民国年间，县境以前店后场为主的手工业作坊数以百计。民国二十四年（1935），虢镇城有坊、铺46家，计烧酒坊15、染坊6、铁匠铺10、炉烷2、笼箩铺2、鞍具铺4、木器油漆铺5、弹花扎花铺1、磨面坊2、榨油坊1、裁缝铺2，从业人员达500多人。民国二十六年（1937），陇海铁路通达宝鸡后，随着机器大工业逐步内迁，虢镇手工业作坊店铺一时萧条衰落。

而虢镇地区以机器大工业为标志的近现代工业的开端，应是1938年开办的官僚资本企业——业精纺织公司。1938年，王瑞基、刘持钧研究、试验手摇纺纱机成功，遂由宋子文任董事长的中国银行信托部投资10万元，拟在西安着手试办手工纺织厂。为避免日机轰炸，后将厂址选在虢镇城内北大街山西会馆（今区招待所址），陆续安装业精式木制纱机81台，石丸式织布机54台，开始纺纱织布。所纺纱支较粗，只能做纬纱，经纱则向他厂购买。1941年，业精纺织公司由雍兴公司领导，更名为雍兴实业股份有限公司业精纺织厂，同年9月迁至惠家湾，1942年冬落成，将城内原有设备陆续迁往新厂。1943年春，2100锭开始安装，7月安装完毕陆续开车，原有木制纱机全部拆除，到年底布机增加到202台。1943年产20支棉纱239.88件，各种白布16981匹，条格布4479匹，线呢1306匹，提花布780匹，毛呢28199码，毛毯283条，床单、毛巾被等2839条，毛巾4096打。1945年，布机增至256台。1946年，从山西新绛县雍裕纱厂购买普通动力布机98台及准备、整理、漂染等设备，另由西北机器厂购进细纱机5台（2100锭）及试验布机2台。1947年，原有各种人力布机均停开，拆卸出售，新添的纱布机均陆续开出，成为一个小型机器棉纺织厂。产品改为以 20 支棉纱和 12 磅白布为主，条格布、毛巾、床单不再织制。1949 年 7 月 13 日解放时，有纱锭 4200 枚，布机 106 台，职工 797 人，由宝鸡市军事管制委员会派军代表接管。1949 年 9 月 1 日，改名为西北人民纺织建设公司第三纺织厂。1950 年 8 月 5 日晚，周原和惠家湾一带，狂风急雨，洪水顺沟坡而下，铁路桥洞被草、杂物堵塞，水无出路。霎时，惠家湾、高家埝一带全被水淹，业精纱厂被毁，死伤 7 人。同年 10 月，被迫并入咸阳西北人民纺织建设公司第一纺织厂，厂址先被西北工人疗养所所占，后为西北冶金修造厂所用。（1996 版《宝鸡县志》所载其"受洪水灾害，被迫东迁咸阳和蔡家坡，分别并入西纱一、二两厂"，因笔者所见资料均未涉及蔡家坡西北纺建二厂，故其一部分并入后来的陕棉九厂一事成了孤证。）

此外，1938 年，在虢镇木梁市巷，创办有协和新火柴厂，月产火柴 500 多小箱，1954 年停办；1940 年 6 月，在虢镇城内，创办有陕西省赈济会难民纺织工厂，安装业精式纺纱机 30 台、建国布机 10 台、16 匹马力发动机 2 部（煤炭热力发动），月产 11 磅细布、条格布、军布、土布，1945 年停办；1945 年，在李家崖迁来国民党三十一兵工厂，1949 年 7 月宝鸡解放时，机器、物资、人员全部撤至四川。

至于酒精厂、啤酒厂、面粉厂、磷肥厂、氮肥厂、西秦酒厂、酱醋厂及其他一些集体工业企业，甚至渭阳柴油机厂、群力无线电器材厂（1956 年始建，1959 年末建成投产，20 世纪 60 年代初，为满足国防建设需要，主要仿制苏联 20 世纪 30 至 40 年代的产品，后逐步设计生产密封式小型、超小型继电器）等企业的始建，都已经是 1950 年以后的事了。

言归正传。现今笔者手头拿到的部分资料中，有的将陕机、北动与三十一兵工厂的建厂混为一谈，其实，这三者有着截然不同的发展源流，它们在建厂之初，分别源自共产党、日寇和国民党。

1927年10月，毛泽东率领秋收起义部队到达井冈山，创建了中国革命的第一个农村革命根据地。为了使人民革命的军事力量不断巩固壮大，1931年4月，在兴国县官田镇，创建了第一个中国人民自己的兵工厂——红军中央兵工厂。我党为了充分发挥在革命力量还处于薄弱期的革命根据地的作用，各游击区相继于1928年建立了革命根据地，广泛开展革命斗争。陕西机床厂的前身——红二军团兵工厂，就是1933年夏秋之际，诞生在贺龙、周逸群等同志领导的湘鄂西革命根据地的湖南省永顺县龙家寨，成为我党土地革命战争时期的第二个兵工厂。

兵工厂由李子郁任厂长，有职工200多人，主要任务是修理枪械。兵工厂初建时期困难重重，既要打仗，又要修械，人员有部队战士，也有从乡下来的铁匠，手艺参差不齐。当时工厂的设备很少很简陋，各方面都给兵工厂以很大压力。修枪械唯有的几把锉刀、榔头、老虎钳和两盘风箱炉，还都是破烂旧货。兵工厂用的材料来源也得不到保证，除了从战场上缴获的破枪零件外，常常要靠工人们冒着生命危险偷越敌人封锁线来弄材料。兵工厂的物质生活非常艰苦，同志们老吃红米加南瓜，食盐更缺，常为弄到一些盐而牺牲不少同志的生命。天寒地冻穿不上棉衣，两三个人合盖一床薄被，有时还轮不过来，为了与寒气做斗争，为了修好更多的枪械，同志们夜里身贴身地聚在油灯下坚持工作直到深夜。像井冈山根据地一样，工厂除了生产和学习以外，也要积极开展群众工作，帮助翻身农民、红军家属耕耘收割；乡亲们也为了兵工厂的壮大，送吃送穿，送子到厂，把家里能为修枪械所用的钢丝铁器送到工厂，为多修一杆枪出力。就这样，工厂在根据地的摇篮里成长壮大。

1933年，蒋介石发动第五次"围剿"，红军处于极端被动地位，兵工厂此时任务繁重，除留部分工人随军继续坚持修械外，还调了部分精壮工人上了前线。1934年8月，奉中共中央之命，任弼时率领红六军团从湘赣革命根据地突围西征，于10月24日到达贵州东部，与先期转移至这里的红二军团会合于印江县，成立了以贺龙、任弼时、关向应为首的红二、六军团总指挥部，进而又重新开辟了湘鄂川黔革命根据地。兵工厂也即成为红二、六军团兵工厂，此时，不但能修枪械，还能制造地雷和手榴弹。

土高炉出铁

1934年10月，由于王明"左"倾错误，第五次反"围剿"失败，中央红军主力不得不退出中央革命根据地，突围转移，开始长征。遵义会议后，红二、六军团总指挥部，在湘西大庸清算了王明"左"倾错误的影响，振奋了广大指战员的斗志。正当中央红军向陕北开进时，红二、六军团活动的湘鄂川黔革命根据地遭到了国民党反动派的又一次重兵围攻。1935年11月19日，红二、六军团18000余人，撤离根据地，在贺龙、任弼时、关向应、萧克等同志率领下，自湖南的桑植出发开始长征。兵工厂把笨重的机器、设备,有的转交给当地游击队,有的埋了。工人们多数被分散到各师战斗连队,只留下 21 名工人组成随军修械所轻装随总指挥部修械科启程。在宋树云科长的带领下,只带了几把老虎钳和一些铆头、锉刀、钢锯、摇钻及工人们珍惜的稀缺零件,告别战友和乡亲,踏上茫茫的征途。1936 年 3 月至 6 月间,红二、六军团先后渡过金沙江,翻过大雪山,经过无数次的战斗,于 7 月 2 日齐集甘孜,与红四方面军会合。红二、六军团奉党中央命令组成中国工农红军第二方面军。修械所随即隶属于红二方面军,这时,修械工人只剩下十来个了,杨开林为修械所负责人。1936 年 7 月下旬,红二方面军与四方面军会师之后,同张国焘"左"倾分裂主义进行了坚决斗争,两军的主要负责人朱德、任弼时、贺龙、关向应、刘伯承等团结一致,逼迫张国焘取消伪中央,同意与二方面军共同北上。部队在甘孜休整了一个星期,每人准备了十天的干粮,便开始过草地。修械所十来个工人,随着部队背上自己的工具、干粮,进入了茫茫无际的毛儿盖草地。

十天的干粮显然是不够的,于是挖野菜,野菜挖完了,发现潭中有鱼,贺龙同志又号召战士们钓鱼充饥,制造鱼钩的任务就交给了修械工人。造小鱼钩,本来是件不难的事,但在漫无边际的草地里,缺少设备,没有现成材料,要把粗钢丝拉成细钢丝,是一件不容易的事。他们跑了几个单位,找到了一个扇火用的羊皮风箱,把火炉烧起来,便叮叮当当地开了工。经过半天紧张的劳动,一批鱼钩赶制了出来。这批鱼钩每个班只能发一个,远不能满足需求,但是带的钢丝已经全部都用完了。为了解决最要紧的吃的问题,修械工人提出把备用的机枪钢丝弹簧做成鱼钩,先解眼前之围。又一批鱼钩造出来了,很快发到战士们的手里。小学语文课本中有一篇

《金色的鱼钩》，叙述了长征途中红四方面军一位炊事班班长照顾三个生病的小战士过草地，把一根缝衣针烧红了，弯成个鱼钩钓鱼吃的故事，可见由修械工人们赶制出的鱼钩在当时的重要性。

毛儿盖草原上的金色的鱼钩雕塑

1936 年 10 月，在红一方面军的有力策应下，红二、四方面军完成了北上任务，红一、二、四方面军历尽艰辛，会师于甘肃会宁，至此具有伟大历史意义的长征胜利结束。这时兵工厂仅有杨开林、唐少秋、黄文周、吴成芝、范文清等十余人，可以说，他们是人民兵工事业的奠基者。

1936 年在会宁会师后，修械所先驻庆阳鸭子镇，"西安事变"发生后又随部队移驻陕西富平庄里。全面抗战爆发后，根据中国共产党同国民党双方谈判达成的协议，我党领导的西北主力红军改编为国民革命军第八路军，以红军第二方面军为主编为一二〇师，师长贺龙、副师长萧克、政治委员关向应，师司令部将修械所改为一二〇师修械所，同时从部队又补充了一部分人员。1937 年 9 月 11 日国民政府军事委员会按全国陆海空军战斗序列，又把八路军改为"国民革命军第十八集团军"，修械所随一二〇师东渡黄河，深入敌后，在晋西北一带开展游击战，修械所在山西神池、岚县一带活动。与此同时，一二〇师配合一一五师在平型关重创日寇辎重部队，缴获了大批武器。紧接着又出其不意，袭击了日寇的阳明堡飞机场，炸毁敌机22架，缴获了大批装备和几台机床，那里的工人也纷纷前来投奔。太原失陷前后，阎锡山太原兵工厂的工人、宁武甚至东北等地的工人也有一批来到了修械所，这时的修械所不断发展壮大，已有七八十人了。修械所的组织机构也进行了调整，杨开林任所长，陈亚藩任副所长，所下面设步枪修理组、机枪修理组、钳工组、机工组、锻工组和木工组等，另外还配备了一个警卫排。那时最缺材料、设备。部队派一个连的兵力与工人们一起隐蔽在同蒲铁路旁，等到半夜，部队的同志分两头掩护，工人们拆卸螺丝，弄下一根铁轨，几十个人一抬就走。材料有了，钳工、锻工相互配合，用土办法自制出虎钳、丝杠、螺母、锉刀等工具。1938年春，组织又从太原买回来一部缺胳膊少腿的四尺车床，工人们用手工开齿轮，用坚硬的榆木做床身，上面打上铁板做导轨，将它修复起来，大家高兴地叫它"榆木车床"。

1938年11月，一二〇师奉命赴冀中平原打游击。为适应游击战争的需要，修械所除老的小的由刘希敏带领继续留在晋西北担任修械工作外，大部分随军远征。到达冀中后，为不轻易暴露目标，除留副所长陈亚藩带领五

从敌占区拆铁轨做原料

六个骨干随司令部负责修械、扩大队伍、寻找设备材料任务外，其他人员由所长杨开林带领撤出平原区，转移到晋察冀边区的阜平、灵丘一带坚持修械。1939年4月，一二〇师与日军二十七师团一部

激战于冀中齐会，歼灭敌军 2000 余人，缴获许多枪支弹药和战利品，其中一部四尺脚踏车床、一部五尺车床、一部手摇钻床和一部牛头刨床送给了修械所，修械所的人员也逐步扩展到 100 多人。1939 年 11 月，修械所用土法成功制造了两挺仿法国哈齐开斯式机关枪，开创了一二〇师造枪的历史，修械所的工人们把它叫作"太行式"机枪。

1940 年 2 月，为集中晋绥根据地的军火制造能力，扩大武器生产，一二〇师后勤部根据贺龙师长的指示决定，将一二〇师修械所与山西工人自卫旅修造所合并，组建晋绥军区修械厂。厂址选定在陕西榆林佳县勃牛沟。4 月，邓吉兴、陈亚藩带领工卫旅修造所 160 余名工人到达勃牛沟村。5 月，杨开林、温成鼎等率领驻阜平的一二〇师修械所和刘希敏带领的随军修械所西迁来到勃牛沟，晋绥军区修械厂正式宣告成立，并定 5 月 1 日为厂庆日。厂职工共 400 多人，厂长杨开林，副厂长陈亚藩、任学侃，政委邓吉兴。工厂的主要任务是制造步枪、掷弹筒、手榴弹、五〇炮弹和修理枪械。

1940 年 8 月，在山西兴县蔡家崖晋绥军区所在地，贺龙同志听取了勃牛沟兵工厂厂长杨开林和工厂工务科长郝继唐的汇报，他说："晋绥建立兵工厂是党中央毛主席的决策，也是全面战略部署的一个方面。你们要多生产武器，前方才可以多打胜仗。"当听到兵工厂如何战胜困难建厂时，贺龙同志非常高兴，插话说："要相信群众，人是最宝贵的，只要有人，就无坚不摧，就没有办不好的事情。只要做好人的工作，困难是可以克服的。"这次谈话，贺龙同志与杨开林、郝继唐谈了一个多小时，对晋绥兵工的发展、如何生产、怎样解决困难等都做了明确指示。贺龙同志指出："土地革命时期，我们的部队没有武器弹药，斗争很残酷，情况很困难，那是大刀、长矛的时代。但是现在的情况不同了，我们要战胜强大的敌人，没有武器不行，你们要把我们的兵工厂办好，要出枪，要生产各种弹药。当然目前我们主要靠从敌人手中缴获的武器来进行部队的补给，但是你什么也没有，怎能缴获敌人的武器呢？俗话说打老鼠也得一根油捻儿嘛！你们可以干的工作很多，做手榴弹、复装子弹、修理武器、生产枪炮等，要大胆地干……"贺龙同志的接见与谈话，给勃牛沟兵工厂的建设以很大的鼓舞，对于后来晋绥兵工及军事工业蓬勃发展起了不可估量的作用。贺龙同志和晋绥军区的其他领导人王震、甘泗淇、周士第等同志，每次从前线赴延安，途经勃牛沟时，总要到兵工厂去看看，及时解决生产和职工生活中的问题。当发现工厂劳力缺乏时，贺龙同志就下令从前线调回100多名士兵来工厂。勃牛沟兵工厂的成立、建设与发展，与贺龙同志的关怀是分不开的。

1941年冬，因前方战斗越来越频繁，弹药消耗越来越大，部队冲锋时，手榴弹扔不远、威力有限，很需要一种新的武器来掩护步兵冲锋和攻打敌人的骑兵阵。勃牛

勃牛沟兵工厂

沟兵工厂拿到一套从日军手里缴获的掷弹筒，成立了温成鼎、吴奎龙等人组成的试制小组，开始了仿制任务。工人们在缺少钢材的情况下，把生铁炒成熟铁，锻打盘卷成炮筒，并试制出其他配件。1942年6月的一天，试制成功，经过试射，仿制的掷弹筒射程可达

500米，命中率70%到90%，比日军的提高了5%，射速每分钟4发，比日军的提高了一倍。为鼓励兵工厂工人的干劲，军区决定以温成鼎、吴奎龙的名字，命名这种掷弹筒为"鼎龙式"掷弹筒。

"鼎龙式"掷弹筒

随着大生产运动的开展，晋绥根据地于1944年9月调整布局，成立了晋绥军区工业部。勃牛沟兵工厂的厂长杨开林被提升到部里担任了副部长。以勃牛沟为中心，重新调整、扩建和新建了四个兵工厂：晋绥军区工业部第一兵工厂，即勃牛沟兵工厂，人员、设备、产品未变；第二兵工厂，即李家坪炸弹厂，也是勃牛沟分出去的，主要生产手榴弹、地雷等；第三兵工厂，原为勃牛沟兵工厂设在山西临县招贤镇的炼铁试验组，经扩建成为一、二厂两个产品的配套铸件毛坯厂；第四兵工厂，是设在陕西佳县螅蜊峪的化学厂，主要产品为黑火药和军用皮革。大生产运动，解决了吃穿用的问题，同时也使军工生产得到了大发展。

1945年8月15日，日本侵略者宣告无条件投降。9月2日，日本政府代表在投降书上签字。9月3日，是抗日战争胜利纪念日。中国人民在这一天庆祝抗日战争的伟大胜利、庆祝世界反法西斯战争的胜利。在这场斗争中，人民的兵工厂，以自己的顽强卓绝战胜困难和英勇奋斗的业绩，为世界人民的反侵略斗争史增添了光辉灿烂

自制土设备

的一页。晋绥兵工各厂，在抗日战争时期，共制造地雷12619颗，手榴弹282909枚，五〇炮弹129651发，掷弹筒1074门，复装子弹2500发，黑色炸药10220公斤，步枪刺刀3300把，步枪272支，半自动步枪4支，机枪20挺。

1946年4月8日，叶挺、王若飞等8人乘坐飞机由重庆赴延安途中，不幸在山西兴县黑茶山失事，飞机残骸被运回兵工一厂做原料，两个飞机轮子被做成手推车，后随工厂迁移到虢镇，一直使用至20世纪80年代初才报废。

抗日战争虽然胜利了，但内战的局势进一步严重，1946年7月，全国内战终于爆发了。为了保存和发展军事工业的生产能力，晋绥边区在黄河以西的兵工厂，奉命迅速搬迁到黄河以东山西吕梁山区的兴县、离石、临县等地。这年冬天，勃牛沟兵工厂先是奉命往李家坪搬迁。1947年3月，又奉命东迁黄河东的山西临县张家沟村。此时，以美国造的小口径半自动步枪为模型，改进枪械结构与七九步枪组合，研制成功一种新式自动调栓的半自动步枪，经对比射击试验，射程比美国的远300米，初速为每秒800米，也比美国的快300米，受到了上级嘉奖。后来原一二〇师的关向应政委逝世，为纪念关向应政委，工厂将这种半自动步枪取名为"向应式半自动步枪"。

1947 年春，晋绥工业部所属各厂东迁的时候，延安兵工局所属厂也往山西迁，与晋绥工业部合并。迁到临县张家沟村的原勃牛沟兵工一厂奉命改名为晋绥工业部第二兵工厂。

　　后来，解放战争的形势逐步好转，进一步促进了军工生产的大发展，西北地区的军事工业迅速成长壮大起来。至 1948 年，工业部已下属 12 个厂，职工总数近 5000 人。一厂，厂址兴县车家庄，主要任务是制造军工专用机器设备和修械；二厂，厂址临县张家沟，延安子弹厂职工并入此厂，主要任务是生产复装子弹和雷管，对三厂、七厂的炮弹毛坯进行机械加工；三厂，厂址宁武县馒头山，主要铸造手榴弹和五〇、六〇及一二〇迫击炮弹毛坯；四厂，厂址临县薛家疙瘩，主要生产炸药、发射药和总装手榴弹；五厂，厂址兴县贺家圪台，生产任务主要是制造五〇、六〇炮弹；六厂，厂址兴县后发塔，为军工发电厂；七厂，厂址临县招贤镇，主要任务是炼铁及翻砂炮弹毛坯；八厂，厂址柳林县锄沟村，主要任务是修械和生产手榴弹；九厂，厂址临县高家村，生产任务是总装炮弹和手榴弹；十厂，厂址临县寨子坪，生产任务是修炮、做马鞍等；十一厂，厂址晋南河津县，生产任务是手榴弹、炮弹、雷管；十二厂，设在陕北延长县。以上各厂，大部分是由勃牛沟厂分离出而建成，如一、二、三、五、七、八、九厂等，这些厂的领导人也基本上都是勃牛沟厂的老同志。勃牛沟兵工厂，可谓是晋西北军事工业的始祖！除此以外，为军工服务的民品厂，还有毛纺厂、纺织厂、火柴厂、皮革厂、农具厂、石油厂，共有职工 1000 余人，另外还有一所技工学校。

　　据 1948 年的统计，晋绥各厂全年共生产：七五山炮弹 4300 发，一二〇迫击炮弹 5000 多发，八二迫击炮弹 70000 发，五〇、六〇掷弹筒弹 80000 多发，手榴弹 100 多万枚，复装子弹 15 万发，炸药 15 万公斤，皮革 10 万多张，炮弹专用机床 20 台，轻工业各厂所需的工具、机床，修理前线运回的大炮、机枪等武器不计其数，为解放战争和发展经济做出了积极贡献。朱德同志常说，军工生产战线出现过不少无名英雄，做出了卓越的贡献。在 1947 年底的华北兵工会议上，晋绥兵工厂得到了刘少奇同志的表扬。1948 年 2 月，毛泽东在晋绥干部会议上，再次对人民的兵工厂加以赞扬和鼓励。1948 年 3 月，毛泽东、周恩来、任弼时同志与党中央工作人员东渡黄河离开陕北赴河北，途经张家沟村口，兵工厂的工人们夹道迎送。

晋绥工业部的广大军工工人，为抗日战争和解放战争的胜利，做出了巨大贡献，不少同志在军工生产中流血牺牲，为纪念死难烈士，西北工业部请示中共晋绥分局及军区后勤部批准，于 1947 年在

张家沟兵工厂

山西省临县林家坪修建"西北军工烈士塔"，翌年"十月革命节"落成。塔高 6 米许，分三层，八边形体。塔身石板刻着塔记和中共中央晋绥分局以及毛泽东、贺龙、甘泗淇、李井泉、续范亭、高士一、黄新廷、刘忠、范子瑜、董新心、蒋崇璟、谷佑箴、杨开林、寻先仰等领导人的题词。烈士塔苍松翠柏簇拥，显得气势雄伟，庄严肃穆。塔记镌刻在塔身底座的石板上，记录了人民兵工事业的发展历程，笔者甚觉有必要抄录如下，文称：

"半殖民地半封建压迫下的中国人民，在共产党领导下挺身而起

为民族争生存，为自己求解放，与敌人做斗争而光荣牺牲。这些光荣牺牲的同志，不论他功绩的大小，事迹的轻重，都要被搜集起来而流传，借以表扬过去，激励未来。回忆'七七事变'，我红二方面军改编为一二〇师北上抗日，转战大西北。我们的工厂自从红军时代简陋的随军修械所，发展到今天的规模，其间，在战争环境之下从事生产，困难重重。如工厂经常的迁移，原料受到敌人严密的封锁，交通条件又只得以畜力运输，工具、器材残缺不全，辗转拼凑。生活上有时整年以黑豆充饥，并且得拿起武器来与敌作战。但是，这些困难都不能减少职工同志们高度的阶级热情，我们克服了困难，坚持了生产，而且提高与扩大了生产。这许多年来，职工同志们始终以自我牺牲的精神，在生产战线上支援了前方的胜利。在为革命胜利而流的光荣的鲜血中，也有了我们的一份——有的同志为工作而牺牲，有的积劳而亡故——他们都是为人民而死。在烈士中间，有为工作粉身碎骨的黄金梁、王金海、渠立珍、高岐祥等诸同志；有因公而伤重身亡的孔昭才同志；有积劳病故的刘修林、王贵、司文彩、左映壁、于淑舟等诸同志。所有牺牲同志墓前，均已单立小纪念碑，这里就不一一详载姓名了。另外，当搜集材料编成传记，永远流传，以志不忘。我们谨向烈士英雄致以颂赞：凛凛烈士，职工之光，解放事业，万古流芳！"

塔的中层是毛泽东同志的题词："为人民而死，虽死犹荣。"贺龙同志的题词是："晋绥军工烈士们，你们所流的血汗和前方指战员所溅的血光，同是人民解放事业伟烈的贡献！"纪念塔碑文称："职工烈士纪念：工人同志，革命职工。困难既起，热血沸腾。制造弹械，供应军用。日汪已败，美蒋反动。巧思精构，扫灭顽凶。支援前线，昼夜不停。因工致死，爆炸殒命。积劳病故，折骨捐身。解放事业，贯彻始终。山河不改，虽死犹荣。丰功伟烈，千古芳名。"

西北军工烈士塔

1949 年 1 月，晋绥工业部进行扩编，改称西北军区兵工部，工业部二厂改称兵工部二厂。1949 年 7 月 14 日，宝鸡解放。1949 年 8 月，西北军区兵工部按照上级的指示，将晋西北境内的十个兵工厂的职工改编成四个职工大队，连同工厂的机器设备等都做好转运准备，要下山进城接管。二厂和七厂合并组成职工第三大队，队长温承鼎、副队长武斌、政治协理员王尚阳。田培敏和郭有年先期带领职工第一大队于 7 月间到达西安，郭有年和部分同志到达宝鸡虢镇负责建厂筹备工作。1949 年 10 月 3 日，喜庆的日子刚过，工人们就接到了兵工部要求出发的通知。除了一部分机器和几部汽车留在老区外，大半机器设备都装上船，顺流直放到潼关，再转运到西安、虢镇，剩余的工具、枪械、行李用牲口驮运或挑担前行。三大队的职工 300 余人，从 10 月初开始，徒步、乘船、乘火车，从张家沟经介休、临汾、风陵渡、潼关，于 10 月底在西安集结完毕。11 月中旬，三大队的职工从西安火车站乘上拉煤的火车，于 11 月 18 日来到了关中西部的宝鸡虢镇李家崖，原八厂厂长李凤来成为临时负责人。随着人民解放军向西北、西南挺进，来到虢镇的接管人员日益增多，又在这里重新组编整训，二、四大队的同志也先后到达这里，近2000余人在这里待命。经过五次分配，大部分人员开赴了新的解放区，郭有年到了重庆，留下300多名干部和工人在这块废墟上建设新厂。11月下旬，从山西运来的机床设备到达虢镇火车站，除原二厂的设备外，其他各厂的通用机床设备一部分给了西安农械厂，一部分共计72部运来了虢镇。12月，天津原国民党七十兵工厂和第四修械所的100多人和设备，被合并到这里。

根据新的形势，西北军区决定在陕西、甘肃共组建成四个修械厂，修械一厂即后来的西安农械厂，二厂在西安，修械三厂在虢镇，修械四厂在兰州。1950年1月9日，由晋绥迁来，以职工三大队为主组成的西北军区军械部第三修械厂在虢镇正式成立。军械部陈仕南部长亲临工厂参加成立庆祝大会。任命李凤来为厂长，武斌为副厂长，霍继文为政治协理员。全厂共565人。从此，由红二军团兵工厂、长征随军修械所开始，到一二〇师修械所、晋绥工业部兵工厂，转战16年之余的兵工工人，就在虢镇安了家。

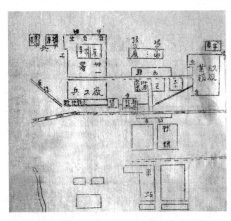

第三十一兵工厂所在地平面图

修械三厂安家之地，即国民党兵工署第三十一兵工厂所在地。三十一兵工厂，占地100余亩，东边为厂区，西边为宿舍区，狭长约5里，原系国民党二十九军所属的一个修械所，随军驻扎在山西阳泉。后来，由于战事，经察哈尔、保定、偃师、灵宝等地多次迁移。1939年修械部迁至陕西兴平赵村，药工部驻马嵬坡宋家庄，当时二十九军在湖北老河口作战，由国民党兵工署接收。李绪凯接任所长后，多次勘察选址，确定在虢镇李家崖筹建新厂，同时接到兵工署命令，将修械所改名为第三十一兵工厂，1945年开始筹建，经过一年多施工，于1946年下半年完成，遂由兴平赵村迁来。第三十一兵工厂的主要任务是生产步枪、手榴弹、修造机枪、火炮等，共有工人2000余人。1949年7月，虢镇第二次解放，三十一兵工厂向四川溃撤，大部分机器物资被搬走，人员撤离，工厂空空。三十一兵工厂在溃撤时，已将财物洗劫一空，仅留下一台破锅炉，88间土木结构厂房没有一间是完整的，到处是残砖碎瓦、破铜烂铁和乱扔的炮弹，荒草丛生。生产区已被全部破坏，宿舍区地势低沉、潮湿不堪，茅草房顶完好的几乎没有，唯有几堵残墙一片天。工人们就在这样一片废墟中开始建设。1950年4月起，开始房屋整修，清除厂区内的垃圾杂物，安装动力设备一套，8月份恢复生产。到年底，仅4个多月时间，就修理机枪230挺、步枪1000支、后膛炮18门，造刺刀2000把、镐5300把、铁锨2500把，还生产农用水车30部。

　　1950年12月17日，西北军区军械部陈仕南部长来到厂里，要求修械三厂让出东边厂区给上海迁来的五〇一厂，修械三厂全部搬到西边宿舍区重建新厂。五〇一厂，在上海原是日本侵华时于江湾建立的"东支那野战自动车厂"，1945年抗战胜利由国民党第二方面军交通组接收，后改名为国民党后方勤务总司令部上海汽车修理厂（五〇一厂），主要从事汽车修理业务。1949年5月27日，上海解放，该厂由中国人民解放军上海军事管制委员会接收，改名华东汽车修造厂，隶属于华东军区后勤部，继续从事汽车配件制造和汽车修理。由于国民党军队轰炸上海和抗美援朝战争，中央军委从战略上考虑，决定迁厂。1950 年 12 月 23 日，五〇一厂由上海迁至陕西宝鸡虢镇，工厂先后定名为"西北虢镇汽车制配厂""西北军区后勤汽车制造厂"，由西北军区领导。1951 年 8 月易名为"中国人民解放军汽车修配第一厂"，由军委后勤部领导，是当时军内六大汽车修配厂之一。1953 年，改隶第二机械工业部，生产汽车配件和坦克发动机配件，产品除部分供应地方民用外，多数作为军品供部队装备。1961 年更名为"渭阳柴油机厂"（即现在的北方动力公司、615 厂）。

五〇一厂职工家属修建厂房、建设家园

修械三厂在原址西半部开始重新建厂。西部占地 6 万多平方米，无生产工房，只有 10 余栋土木结构草瓦房。职工为早日复工，提出"迁厂不停产，任务提前完"的口号，搭起席棚，白天做工棚生产，晚上做宿舍睡觉。1951 年底，建成工房和材料库 2400 平方米，1953 年又建成工房 4165.8 平方米、福利设施 9129.6 平方米，并建成砖木结构俱乐部一座，打水井 10 眼，架设 8 部水车，供全厂生产生活用水。1958 年 8 月 7 日，为支援地方工农业建设，中国人民解放军原总参谋部决定将修械三厂转交地方，由陕西省机械工业局接管，改名陕西省机器厂，当时有职工700人，总占地面积84545.85平方米，总建筑面积19055.9平方米，其中生产建筑面积6262平方米，设备47台。上级投资280万元，扩建厂房，增添设备234台，招收新工800名，开设技工学校一所。改产8英尺皮带车床、Y35简易滚齿机、主轴连杆瓦镗床、罗茨式鼓风机等。1961年，陕西省机械工业局决定将陕西省机器厂更名为陕西省机床厂，定向生产磨床。在国家经济暂时困难时期，由于生产没有保证，又转产架子车。1962年生产架子车36000辆，精减职工300多名。经过三年调整，经济形势逐步好转，1963年春，省局投资2500万元，扩建厂房，并正式下达生产M131外圆磨床任务。厂长赵达孝带领40多名技术人员和工人赴上海机床厂学习数月之久，将上海机床厂的技术、产品和管理经验成套搬了回来，当年9月，磨床试制成功。1966年定名为"陕西机床厂"，由宝鸡市机械工业公司领导。该厂自1963年以来，先后研制出43个品种66个规格的磨床，13项填补了国内空白，其中有数控端面外圆磨床、高精度万能外圆磨床、球面磨床、镜片磨床、电解内外圆磨床、气缸盖进排气门座锥孔磨床等，产品畅销国内29个省、市、自治区，出口27个国家和地区，成为机械工业部外圆系列磨床定点生

陕机生产的M131W万能外圆磨床

产厂，是全国69个重点机床厂之一。

1980 年国民经济调整时期，磨床生产任务不足，严重亏损。为摆脱困境，新任厂长任雨水带领领导班子及全厂职工，以开拓创新精神，开始了改革实践。1981 年，改革产品结构，起步开发双鸥牌洗衣机，一年三次改型；年底，结构独特、新颖美观的Ⅲ型单桶洗衣机推出市场后大受欢迎，不仅克服了当时机床生产任务严重不足的困难，而且使企业活力大增。1983 年，改革人事制度，在全省第一个进行厂长"组阁"，建立了强有力的生产指挥系统；当年还进行了企业的全面整顿，一次验收取得合格，保证了生产大干快上，扭转了连续两年亏损的局面。自 1984 年起，先后建成 7 条洗衣机生产线，5 座大型车间。磨床恒温装配车间和大件加工车间投入生产，机床开发速度加快，全厂形成磨床与洗衣机两大拳头产品的经营新格局，自此效益大增。

　　1986 年 12 月 10 日，任雨水在厂内召开新闻发布会，发布万台双鸥洗衣机专列发运新疆和新型双桶洗衣机研制成功两条新闻，30 多名记者参加，发布会后，隆重举行了双鸥洗衣机专列发运仪式，成为当时的一段佳话。

　　陕西机床厂建厂的故事就讲到这里吧，后来的事，大家就都知道了。老虢镇地区开机器大工业先

上图为双鸥洗衣机，下图为陕机老厂房

河的业精纺织厂 1950 年就不存在了，如果说当时的修械三厂是老虢镇地区近现代工业的开端之一，应该也不为过吧。

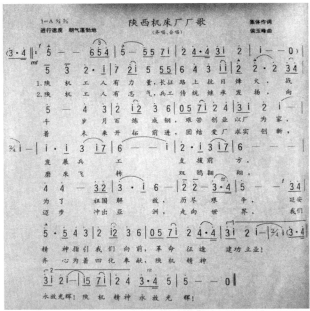

上图为陕机厂歌；下图为西野后勤军械部厂长联席会议合影，前排左三为李凤来厂长，右三为张钦厂长，右四为刘希敏厂长，右五为军械部高士一部长（1951 年 3 月）

2017 年 4 月 11 日

宝鸡石油机械厂建厂记忆

宝鸡石油机械厂大门旧貌

在宝鸡市东风路的西尽头,有一家曾经横跨金陵河、西至火车站、北起蟠龙山、南抵渭河岸,占地最广时绵延十余里,现今总占地面积250公顷、建筑面积79.77万平方米的大企业,与其说这家企业跨越东风路、金台大道,还不如说这两条城市主干道横穿厂区而过。这家企业就是中国石油宝鸡石油机械有限责任公司,曾经的宝鸡石油机械厂。

在回顾了曾经以西机、蔡纺厂为代表的官僚资本企业,以申新为代表的民族资本企业,以修械三厂为代表的红色企业,以陕汽和陕齿为代表的"三线"企业之后,各种线索便指向了以工业立市的宝鸡的第一家近现代工业企业、国民政府时期的"国营"企业——

陇海铁路管理局宝鸡机车修理厂，即宝鸡石油机械厂的前身。

1937 年 3 月，陇海
铁路通车宝鸡，作为西北
的军事要地，宝鸡迅速变
成了抗战的后方基地之
一，大批抗日志士和工商
业者及流亡人员聚集于
此。1938 年国民党政府
炸开花园口黄河大堤，
1942 年夏到 1943 年春河
南严重旱灾，又有大部分

宝鸡石油机械厂旧貌

灾民沿铁路逃难至此。由于宝鸡是当时陇海铁路的西部终点，因而
也就成为西逃的河南灾民难民逃荒、避难的最后落脚之地。大量河
南难民灾民涌入宝鸡，改变了当地人口结构，甚至通用语言因外来
人口涌入而改变。据《宝鸡市志》记载，1937 年宝鸡城区迁入人口
占总人口的 70%，到 1946 年，县城区（今市区）及虢镇人口共
110146 人，其中外籍 52495 人，占到将近半数；宝鸡县的县城镇
（今中山路一带）有人口 11448 人，其中本籍人口 3341 人，而外籍
人口为 5389 人，流动人口为 2718 人，外来人口和流动人口的数量占
到了该镇总人数的 70.82%，远远超过了当地人口的数量，从那时候
起宝鸡开始被称为"小河南"。

此时，早已将东北三省作为侵略前进基地的日寇，试图染指华
北、鲸吞全中国，陇海铁路东段沿线屡遭日机空袭，形势日趋严重。
为建立抗日后方基地，生产抗战物资，国民政府开始动员企业内迁。
1937 年 5 月，国民政府铁路当局决定，由曹萃文、侯汝勋负责，立即筹建宝鸡机车修理厂。先后将连云港码头、徐州机厂、开封机务段等单位的重要机械器材抢拆西运，洛阳机厂西迁，设备分别安装于长安机务段和宝鸡机务段内，宝鸡机务段连同这部分机器和辗转撤退的人员，成立了宝鸡机车修理厂。

战时搬迁抢建，条件尤为艰苦。当时厂址选择、设备到位安装、技术培训等，只能因陋就简，以尽快投入生产为要。所以，厂址定在东关外火车站南端、机务段内一块狭长地带，东西长450米，南北最宽处仅90米，占地约34000平方米，厂房为6800多平方米的简易工棚，有的工组只能露天作业。机械动力设备，多是西方国家20世纪初制造的，如德国1916年造小蒸汽调车机车，比利时1914年造轨道吊车，1910年日产镗床和美产牛头刨床等，后来最新的只有1台1941年美制普通车床；小部分设备属国产，如唐山1907年制造的两台动力锅炉，广元机厂制造的简易带轮六尺车床和小牛头刨床等。由于缺乏检修，这些设备基本上都失去了原有精度，全部设备都处于老残状况，量具仅有较原始的卡尺、弯尺、百分表等。潼关以东接连失守后，长安机厂部分机器也拆运至宝鸡。

此后一段时期，一批工厂如申四、福五等纷纷内迁至此，国际友人路易·艾黎领导的西北"工合"运动，旨在挽救和保存濒临毁灭的中国民族工业，组织失业工人、流亡难民实行生产自救，也在宝鸡组建了遍布城区的工业合作社。内迁工厂与工业合作社，共同组成了宝鸡工业生产的强大集团军，大批抗战物资，源源不断地从这里送向前线。

1938年10月，申新开始在十里铺兴建厂房时，宝鸡机车修理厂已正式开工生产，从事机车修理兼做机务段检修业务。工厂承担的机车修理，包括客、货机车两大类，维程分为死复、大修、中修，修理都要经过解体、修配、安装、试车四个过程，修配零件没有图纸工艺，全凭工人的经验加工修配。直到1943年厂段分家，原机务段迁出，工厂才成为铁路机车修理的专业工厂。

中华人民共和国成立前宝鸡机厂工人住宅

工厂员工人数在战时状态变化很大。少时200多人，多时900多人。最早的主要技术骨干来自青岛四方厂和徐州、洛阳、开封铁路的机修人员。他们绝大多数受连年战乱的影响，生活艰难，为了养家糊口，从小进入工厂（段），路龄最长的已有42年，平均路龄也在10年以上；老职工多，青年工人极少，26岁以下的职工只占总人数的7.8%；职工间一般都具有亲属关系，占总人数的24%；职工文化水平很低，甚至近一半是文盲；工人掌握有多方面的实践经验和技能，但对新技术、新操作法的汲取和传播，显得迟缓。

这一时期，工厂状况极为艰难，辗转内迁，设备分散，材料紧缺，重要器材丢失，职工生活困难。据1943年工厂《上半年工作检讨概要》记载，"当此物价波动，人心失常，相率大呼食不饱，力不足之情况下，而从事于推进工作之效率，固非从维持生活方面着手" "下层抗力与上层疑虑，工作之推进是一难也"。1944年，《竞赛概要》中记载："路方已收到奖励之实效，而工方未获得奖励之实惠。" "5月底，奉命遣散员工171人，而物价突然波动，待遇无法比照调整……半年中，自动离职者79人，共减少原有员工的25%。"工人生活用房全系土木结构的平房，散布在工厂外东西两面，长年缺乏修缮，居住条件很差，单身宿舍曾经在秋雨中倒塌过。一些工人无力盖房、租房，只有在东沟土窑洞居住。为维持生计，许多工人只得利用晚上和星期天到铁匠铺打铁、在铁路或商业字号中做装卸搬运活计等挣小费以贴补家用。

中华人民共和国成立前宝鸡机厂工人所住窑洞

从 1938 年正式投产至 1945 年抗战胜利，恶劣的战时环境中，工人们忍饥挨饿，顶着酷热严寒和日机的空袭轰炸，凭着爱国的热忱和勤劳智慧的双手，利用简陋的设备工具，开展修车竞赛，完成机车维修 150 多部，维修制造机车零部件数十万件，有力地保障了陇海铁路西线的运输。据有的老工人回忆，当时工厂所在的机务段，是日机轰炸的重要目标，日机从空中俯冲下来扔炸弹，护厂队员端着步枪对空射击，致使日机不敢低空轰炸，炸弹多扔至机厂街，被炸的地方弹痕累累。1945 年，宝鸡机厂因抗战期间维修机车、维护交通运输有功，受到国民政府当局的嘉奖。

抗战胜利，内战骤起，国民党政权为加强统治，宪兵队曾以共产党嫌疑抓走史宗良、赵得林等 8 名工人，厂内一时风声鹤唳。当局大量发行"金圆券""银圆券"，物价一天三涨，工资发下后"跑得快了买袋面，跑得慢了吃碗面"，每月工资最多只能购买一袋多面粉（每袋 40 斤），员工境遇不断恶化。十里铺、上马营一带的工人为了使自己的血汗钱不被贬值，稍有积攒即买小捆"洋纱"、面粉存放，还出现过以纱、布、面粉为等价交换物，以物易物的现象。

当解放军打胜仗的消息不断传来时，盼内战结束、和平到来、恢复生产、生活得到保障，是几百名员工的迫切愿望。对自己亲手创建并赖以生存的工厂，员工们更是非常珍惜，自发地开展了护厂斗争。

1948 年，西北野战军于 4 月 17 日兵分三路南下，向宝鸡神速进军，切断了西安至宝鸡的铁路交通。25 日，兵临宝鸡，午夜发起进攻，扫清了外围守军。26 日，拂晓，西北野战军分三路发起总攻，一路从西北紫草原冲

1948 年 4 月 26 日，西北野战军占领国民党宝鸡县政府

下直攻西门；一路从陵塬攻进行政专员公署所在地金台观，进而攻占县城东门外的龙泉巷、敦仁堡等处；一路从蟠龙山冲下，与店子街守军展开激战，炸毁金陵铁桥。26 日黄昏，解放军全歼宝鸡守军，宝鸡第一次解放。28 日撤出。史称"西府出击"。

激战中，西北"剿总"胡宗南急派飞机助战，狂轰滥炸，工厂被炸起火，致使电气班、工具室、锅炉班、机器班、事务股、办公室尽被焚烧。战事刚一平息，工人们在厂方的组织下，迅速抢修搬运。为避免设备再次毁于战火，遂将修配场在用设备疏散至西安三桥镇铁路总机厂内，后又全部迁往天水北道埠修配场。

1949 年 7 月初，国民党当局看出大势已去，遂派工兵进入工厂，在锅炉等动力设备处安装炸药，并拆毁部分设备，准备一旦撤退，即引爆炸毁宝鸡机厂。这一阴谋行径立即引起了员工的极大愤慨，

他们自发组织了护厂队，日夜巡查，围堵强拉设备的车辆，冒着被抓被杀的危险，将炸药转移他处，使炸厂阴谋终未得逞，保护了工厂的资财设备。

宝鸡第一次解放后，人民群众观看解放军张贴的标语

1949年7月12日，扶眉战役大捷，7月14日宝鸡第二次解放，原宝鸡县分设为宝鸡市和宝鸡县，市辖县城、新市、渭滨、十里铺、虢镇、蔡家坡6个区，新宝鸡县委县政府先驻底店，不久移驻虢镇。据1949年7月19日《群众日报》第一版一则题为《公私企业完整无损宝鸡工厂迅速复工》的消息称：

"（宝鸡17日电）宝鸡解放后，革命秩序迅速恢复。由于我军进军神速，胡匪除炸毁川陇公路上渭河大桥桥梁两孔外，其他所有公私大小工厂、企业及市内外各项建筑物，均完整无损。十里铺之泰华纺织厂、大新面粉厂、申新纺织厂等工厂，在工人积极保护下，皆未停工。陇海路机厂在解放宝鸡时仅停工3小时，即迅速复工。雍兴公司蔡家坡纺织厂、面粉厂已复工，西北机厂即将复工。电信局职工人员在未解放前，怕胡匪破坏，把一些主要机器暗藏起来，职工亦避至北原，被胡匪拉走的两组技师，现已逃回，市区及各工厂电灯齐明。重获解放的工人市民，川流不息地欢迎解放军。一万多份宣传品，在一天内即被市民索阅一空，张贴布告宣传品的地方，市民拥挤着阅读。现在人民币已在市面流通。"

这里需要特别提及的是，此时宝鸡的工业企业存者无几，尤其是重工业企业硕果仅存者，唯此宝鸡机厂和十里铺申四铁工厂、蔡家坡西北机器厂。

一野于 1949 年 7 月 14 日进驻宝鸡市区

7 月 15 日，工厂实行军管；17 日，报到工人达 687 人。8 月初，上级派来协理员孙励斋，助理协理员郭文忠，指导员蔡福有，工作员王荩民、郝进杰、史秉彝、陈爱民等人，领导全厂职工接收了宝鸡铁路工厂，正式恢复了生产。根据上级决定，工厂受郑州铁路管理局西安分局领导，成为社会主义性质的国营工业企业，仍担负铁路机车的修理任务。厂内机构暂不变动，由原厂长张清河负责。中华人民共和国成立初的国民经济恢复时期，宝鸡机厂厉行生产节约，实行管理民主化改革，大搞技术革新，兴办职工业余文化学校和脱产扫盲班，工厂气象为之一新。

1953 年的"五一"节，具有改造条件和实力、地处西北交通工业重镇的宝鸡机厂收到命令，由铁路系统转业至石油系统，直属燃料工业部石油总局领导。5 月 15 日，移交暨命名庆典隆重举行，700

20世纪50年代生产吊装场景

多名身着铁路工装的员工，整齐地坐在会场，以依恋和兴奋的心情，参加了"石油管理总局第一机械厂"命名大会。8月，又有219名复转军人调入工厂。这样，中国第一支由铁路工人和复转士兵组成的从事石油机械制造的专业先锋团诞生了。当年，即试制新产品20项，实现利润32.5万元。

从此，各种"第一"就伴随这个厂成为其发展过程中一个很好的注解，它的每一次突破创新，都成为全市、全省乃至全国在这一领域的突破创新；它的科研和生产技术水平，直接代表了整个中国石油装备制造业的水平。

工厂自1953年5月转业到石油工业系统，经过扩建和改造，生产技术水平不断提高。20世纪50年代主要仿制小型钻采设备和配件；60年代自制和仿制大中型钻采设备，专用工具和配件；70年代制成国内第一台DZ-200型5000米直流电驱动钻机，制造了ZJ-75型1800米钻机；80年代试制出ZJ-15JD、ZJ-15两种电驱动钻机和ZJ-20C型车装钻机等，完善了我国的钻机系列，适应了各种地质条件下的钻井需要。产品由仿制到自行设计制造，从单机到配套，从陆地到海洋，从国内市场进入国际市场，形成了配套生产能力。工厂的基本建设也取得了较大的进展，1953年到1958年对西厂区维修翻新及有限扩建，1959年到1963年开始新建东厂区并初具规模，

1964 年到 1977 年着重扩建、改造东厂区，1978 年到 1987 年完成西厂坡上和厂区以西搬迁，为宝鸡火车站扩建腾出土地，开辟南厂区，进一步扩建和改造东厂区，大力扩建生活福利区，在全市率先建起两栋 18 层住宅楼。据 2007 年资料显示，宝鸡石油机械厂（简称"宝石厂"）共向各油田输送干部和技术工人累计 1700 余人，充分发挥了老厂的人才培养基地作用，以至于在各油田流传着"哪里有机厂，哪里就有宝鸡厂的人"。

1988 年，国家部委体制改革，石油部行政职能并入能源部，成立特大企业集团公司，时任中国石油天然气总公司副总经理的李天相和时任陕西省主管工业的副省长曾慎达从有利于中国石油机械和陕西四个厂（宝石、西仪、宝钢管、咸阳钢绳）的发展大局出发，力促陕西四个厂变更隶属关系，以总公司管理为主。1989 年 1 月 27 日，曾慎达就

宝石厂部分产品

此事专门起草报告，向省长侯宗宾提出建议，建议很快得到同意。3 月 16 日至 27 日，由总公司总会计师李长林等四人与省政府副秘书长贾治邦等九人商谈，形成了《关于宝鸡石油机械厂等四个企业改变隶属关系的商谈纪要》。1990 年 11 月中旬，中国石油天然气总公

司总经理王涛、副总经理李天相、能源部石油总工吴耀文带领有关司局长来厂调研，要求工厂突出产品质量，为油田提供更多更好的技术装备；重视自身装备的更新和技术改造，不断提高产品的技术水平和应变能力。总公司领导的这次工作调研，不仅鼓舞了全厂职工战胜困难的信心，同时也与省政府确定了工厂隶属关系的变更交接。

宝石厂高层住宅

1991 年 1 月 1 日，经国家体改委批准，工厂重新划归中国石油天然气总公司管理。这是自 1970 年石油部军管会批示该厂为以地方领导为主的双重领导、更名为"陕西省宝鸡石油机械厂"后的再次回归。"重收部管"为工厂后来的重新崛起、持续快速发展，奠定了良好的基础。

2017 年 5 月 9 日

宝鸡叉车制造公司建厂记忆

宝鸡叉车制造公司（简称"宝叉"）于 1978 年 4 月起筹建，由宝鸡永红起重运输机械厂和宝鸡农机齿轮厂、宝鸡电机厂及宝鸡铲车厂联合组成。同年 10 月 1 日起，正式对外办公。

说到宝叉公司的建厂，不能不首先提到申四的铁工厂。

1920 年，荣宗敬为解决面粉制造所需的袋布，看到武汉有发展棉纺织工业的良好社会经济条件，拟

宝叉北区旧貌

创办申新四厂，后委任李国伟全盘主持申四建厂规划和筹建。1921 年春，在汉口京关警署街开始基建，1922 年 3 月 4 日开机生产。全面抗战爆发后，迫于日益严峻的战争形势，武汉申四于 1938 年内迁至宝鸡十里铺。为专门修理装配申四的各种机器设备，申四一直内设有机修间。

来到宝鸡后，华选青带着从武汉一路随迁而来的仅有的几名保全工，将机器设备进行了分类整理，但面对那些受损的设备，因缺少修理工，也只能望洋兴叹。后来，华选青听逃难来的人说，河南巩县兵工厂有些技工到了卧龙寺一带，正愁没活干。他报经李国伟同意，立即从中招收了六名技工进厂，成立了新的机修间。华选青组织这几名技工，很快把能修配的设备修配好，又设法把能拼凑的装配成机。只是内迁路上颠沛流离，备品备件多有遗失，许多设备残缺不全，再也无法组装的，只好堆放在一边。

申四内迁到宝鸡的设备，型号多样，出厂年代久远，样式庞杂，转速不一，且面临着配件稀缺、机件老化磨损的问题，棉纱的质量和产量很难保证。面对这些设备，李国伟的内心有着深深的忧虑。这些设备如果再这样修修停停使用下去，势必会把这点老本拼光；因为战争对运输线的封锁，继续从国外购买新机又很不现实。李国伟思虑再三，为达到"扩展力求其多"的目标，必须走出一条自己的路，建立自己的铁工厂！对他的想法，章剑慧、瞿冠英很支持，他们决定分两步走，首先解决残机的全部配套机件的自造，然后自己设计制造机器，壮大申四的力量。

1940年5月，李国伟亲往贵州贵定，邀请曾有留美经历、任湘桂铁路局工程师的堂弟李统劼来宝鸡主持铁工厂。8月，李统劼带着因技工手艺好而闻名的济南津浦铁路大修厂的孔宪钦、张连元、张富元、刘云龙、田警武、厉惠卿、陈桂柱、张振声等十几名技工，坐上颠簸的卡车，告别家小，义无反顾地来到宝鸡。

李国伟任命李统劼为申四铁工厂厂长，华选青为工务主任。1940年10月，铁工厂机器工场动工兴建，11月末动工兴建翻砂工场；1941年1月，主要生产工场完工，房屋大都是砖木结构的单落水或双落水平房。

李统劫把铁工厂的目标定为机器制造厂。当时他手上除 6 名巩县兵工厂来的修理工和从贵州来的那十几名技工外，龚一鸥还给他推荐了陇海铁路机车修理厂的吴本涛，以及西迁带来的仅有的 10 台皮带机床。李统劫只能依靠技术工人白手起家，先把申四损坏的各种机器设备修复开动起来，利用手头的这些设备，逐步制造出生产需要的工作母机，发展机器制造业务。

铁工厂开工之初，冷作工张连元领工赶制出了铸造间需要的化铁炉，布置铸造造型工孔宪钦等人在翻砂工场里垒出烤砂芯的烘窑，做出平板、滚桶和混砂机的砂型。其他技术工人则组成修理工场，修复损坏的各种机器设备，改造各种陈旧设备。他们很快把损坏的机器设备修配成功，还制造出锭子、锭管、锭壳、罗拉、钢领圈、钢领板、皮辊架盖板等纺织器械的配件。没有原料，就找替代品：用废钢轨做出了锭子，用火车头的汽管切割下来制造钢领圈，用旧油桶改制了隔纱板——这在当时都是不简单的创举。

孔宪钦经过多次试验，铸造出合格的梳棉机的大小锡林铸件，经过机械加工，为纺织机更换了一批老旧的零件。窑洞工场里纱机安多了，通风性能降低不少。铁工厂马上生产出 5 台大功率扇式送风机，安装进窑洞工场里进行排风。

敌机来轰炸，往往是炸毁一批设备，铁工厂的工友们就得立即抢修一批。铁工厂在抗战最艰难的岁月中，用一年的时间，为厂里制造出各式型号钻床 10 台、工具磨床 5 台、各类型号车床 54 台、牛头刨床 13 台、龙门刨床 5 台、冲床 2 台及其他机床，共计 102 台。

1942 年 8 月 17 日，铁工厂试制出第一台细纱机，经过校车实验，性能良好，接着铁工厂又批量生产 8 台。筹建宏文机器造纸厂时，又制造了蒸球机、梳浆机、造纸机等设备。

细纱机制造成功，使李国伟信心更足。他决心自制纱管，派厂里的技术人员实测纺织行业普遍使用的英制、美制纱管，画出图纸，与人合作集资50万元，在申新西北边征地13亩，建立维勤纱管厂。厂子就地取材，用秦岭的桦木制造出纱管，除了申新自用，也供给其他纺织工厂使用。

随着生产的发展，铁工厂原有技工逐渐不敷使用，便从重庆招得一批技工来宝鸡。1942年3月，西安等地的铁工厂因为缺乏原材料停工，申新立即在报纸上刊登招工启事，招收来一批技工。孔宪钦这批技工又把家小从贵州接到了宝鸡，他们的子女大部分也进入铁工厂当了工人。

1943年，铁工厂已经发展到有工人350人。李统劼建立起机器工场、翻砂工场、车刨加工工场和镶配工场，镶配工场还能为申新修理汽车。这些工场配备的各工种技工基本上满足机器制造的要求，有些配件需要渗碳、淬火的热处理工艺技术，也在厂内设法自己解决。这一年，铁工厂制造出粗纱机、梳棉机和棉条机，以后又生产并条机，仿制出豪猪式清花机。特别是制造的2台大牵伸粗纱机，技术程度比较进步。他们把原来的两对罗拉进行设计改进，改制增加到4对，使粗纱的牵伸倍数由8倍加大到14倍，既缩短了工作时间，还提高了效率。

铁工厂建立后，除自造自用工作母机，修配纺织厂、面粉厂、造纸厂、发电厂机械设备和制造任务外，至抗战结束，还制造出纱锭一万多枚，为成都面粉厂、天水面粉厂制造了全套制粉设备；到1949年，还先后制造出纺纱机、自动换梭织布机、清花机、摇纱机、水泵及面粉机、造纸机等主要设备114台。在日军封锁中国海运期间，申四各工厂所需机器及配件都由自己的铁工厂制造，不赖外求。

因买不来合金铸造原料，又没有炼钢设备，铸钢件只能用铸铁件或锻铁件代替，申四铁工厂的产品始终无法达到设计水平，但与国外同类产品相比，只差在钢铁部件耐磨性能指标这一项上。

当时成立自家的铁工厂，生产机器设备装备自己的工厂很少。在整个大后方，只有重庆和昆明才有几家专业铁工厂能制造纺织机械和零配件，而在大西北，唯有岐山县蔡家坡的雍兴公司西北机器厂和申四铁工厂这两家工厂。

1945年时，全厂有工人337名。到1949年7月宝鸡解放时，申四铁工厂已发展为一个设备较完善，工种较齐全，具有较高技术水平和一定管理能力的机器制造工厂。

1951年11月1日，经陕西省人民政府批准，申四宝鸡纺织厂、铁工厂、发电厂和福五宝鸡面粉厂、天水面粉厂及宝鸡宏文造纸厂实行公私合营，成立公私合营新秦企业有限公司，铁工厂成为公私合营新秦企业有限公司申四宝鸡机器制造厂。1954年工厂开始承接国家和陕西省下达的机械制造任务，1955年摆脱新秦公司各厂的修

宝叉五区旧貌

理业务，成为一个独立经营的机器制造厂。1958年2月7日，改名为公私合营宝鸡新秦机器厂。1966年11月18日，改名为宝鸡永红起重运输机械厂，转为全民所有

制企业。

话说从头。

1931 年，买办焦子斌以优惠价从天津德商洋行购进我国第一批"米亚克"磨粉机——复式钢磨五部，在石家庄安装建厂，但未正式开工生产。1932 年，焦子斌筹集资金，将工厂迁至河南省粮油集散地之一的漯河车站，成立大新面粉股份有限公司。1938 年，武汉沦陷，迫于战争形势，国民政府要求大新面粉厂限期西迁，逾期则予以炸毁，以免资敌。随车来陕职工 30 余人，厂址定在宝鸡十里铺，当年冬开始基建，1939 年秋开工生产，职工增至 140 余人。

1955 年 12 月 21 日，大新面粉厂公私合营，职工 128 人，日产面粉 3374 袋。1958 年 4 月，公私合营大新面粉厂一分为二，一部以制粉车间与公私合营新秦面粉厂合并成立宝鸡市面粉厂。

另一部于同年 5 月 1 日，在原有的旧厂房和大新机修车间的基础上，成立地方国营宝鸡市面粉机器厂，当时有职工 26 人、旧设备 5 台，次年改为宝鸡市机器厂，定向发展以大型磨粉机为主的粮食加工机械。到 1972 年，已初具年产 1500 台粮食加工机械生产能力，先后试制和生产了多型磨粉机、深井泵、拖拉机、车床等。1977 年 2 月起，转产农机齿轮，更名为宝鸡农机齿轮厂。

1969 年 5 月，宝鸡市农业电机厂成立，利用十里铺陈仓农技校旧址筹建，是由市属的电器安装合作工厂、农具厂、刃具厂、电镀厂部分车间等 9 个集体小厂合并的集体所有制企业，职工 160 人，有金切设备 17 台、锻压设备 8 台、180 千瓦变压器 1 台，主要生产电动机，年设计生产能力 1 万千瓦。1973 年，改名为宝鸡电机厂，转为全民所有制企业。

再来说下宝叉起源的最后一条支脉。

宝叉西区旧貌

1934年，韩子钰在旅大市购地2亩（大连市沙河口区长江路873号），从日商处赊购了20余台机床，成立了春生福铁工厂。1935年，韩子钰亲自设计督建，于1936年建成一座4层近50间的钢筋混凝土结构生产营业大楼，一、二层生产，三、四层办公，时有职工百余人，以船用240马力柴油机供电。1935年底，韩子钰又在鞍山买进一家造纸厂及其周围土地20余亩，成立春生福分厂，经营机械加工和造纸。到1942年时，鞍山分厂已发展成设备百余台、职工800余人的中型机械加工厂。太平洋战争爆发后，工厂停产，工人衣食无着。春生福迫于形势逐步卖掉设备、逐年裁减工人，勉强维持。

1945年，随着抗战胜利后形势的好转及解放战争期间的战争需要，旅大市多则30人、少则10人的手工业和制造业私营小厂如雨后春笋纷纷成立，发展较快。生意虽兴，但设备质量差、工作条件恶劣、管理落后，基本处于作坊式生产的水平，其中春生福在有关工厂中成立最早、实力最强。这些作坊式铁工厂几经整合，至1955年，先后由春生福、景生成、永盛兴、天盛兴铁工厂整合为公私合营旅大市新生机械厂，由春兴和、福瑞长、民建、松盛、振兴和铁工厂整合为公私合营旅大市新华机械厂。至1956年，为适应机械行业大规模生产的需要，旅大市开始行业合营，由新生机械厂、新华机械厂、地方国营旅大市机械厂二车间一起，吸收合并了私营的23户小工厂，于同年3月1日组成了公私合营大连机械制造四厂，时有职工568人，设备165台，其中大部分设备来源于春生福、景生成、春兴和，大多已陈旧不堪。

大连机械制造四厂自合营以来一直没有固定产品，直到大连起重机器厂无偿提供了10吨桥式起重机的全部图纸资料。1959年7月1日，公私合营大连机械制造四厂改名为公私合营大连起重运输机械厂，9月27日制造出该厂第一台10吨桥式起重机，随后又制造出多型叉车。1965年10月，为做好"三线建设"，大连起重运输机械厂开始内迁宝鸡，利用福临堡地区原宝鸡钢厂旧址新建厂房、宿舍、子校等，命名为陕西省宝鸡铲车厂，设计年产铲车240台，职工400余人。

1978年，宝叉公司成立后，宝鸡永红起重运输机械厂分为南北两厂，即宝鸡叉车制造公司一厂、五厂；宝鸡农机齿轮厂更名为宝鸡叉车制造公司二厂；宝鸡电机厂更名为宝鸡叉车制造公司三厂；宝鸡铲车厂更名为宝鸡叉车制造公司四厂，并成为叉车生产主导厂。

1985年10月后，先后撤销五个厂的厂级建制，实行统一领导，宝鸡叉车制造公司一厂、五厂分别改为宝鸡叉车制造公司东区、北区；宝鸡叉车制造公司二厂、三厂和市农械厂部分职工于1981年4月1日合并成立宝鸡自行车总厂，生产"蜻蜓"牌自行车，后因亏损又加入渭阳轻骑摩托车公司，承担渭阳轻骑8个总成和全部烤漆任务，终未能扭亏，1986年1月，宝鸡自行车总厂回归建制，定名为宝鸡叉车制造公司五区；宝鸡叉车制造公司四厂更名为宝鸡叉车制造公司西区。

再后来，随着国企改革大潮，1997年10月，安徽叉车集团公司兼并了原宝鸡叉车制造公司四厂，更名为安徽合力股份有限公司宝鸡合力叉车厂。2001年，对原宝鸡叉车制造公司五厂部分优良资产进行改制，职工出股组建了宝鸡双力机械发展有限责任公司。2003年，杭叉集团股份有限公司在原宝鸡叉车制造公司三厂的基础上并购重组，更名宝鸡杭叉工程机械有限责任公司，而大庆路上曾经的厂区，如今早已成了住宅小区。

这个如同联邦制的公司，起源三分，既有民族资本，又有中华人民共和国成立后新组建的公有制小厂，还有买办资本及大量作坊式小厂，历经了私有制、集体所有制、公私合营、全民所有制、股份制等多种所有制形态，从独立、联合，到单独核算、统一经营、国企改革、各自分设……自成立起，便演绎了一段段分分合合的工业发展故事，即使经过探究，其中的分歧与变革往事依旧显得庞杂，充分展示了我国工业企业从无到有、从小到大，在试错和曲折中艰难探索前进的历史步伐。

这些曲折，使宝叉公司的建厂、发展史，成为宝鸡市工业企业发展史上的另一类典型，对于了解宝鸡市的工业肇始，提供了又一新的考察参照。

尤其是作为宝叉公司起源之一的申四铁工厂，因年代最久，当为正源。这又使宝叉公司与当今正在如火如荼建设的长乐塬十里荣耀景区发生了无法割舍的联系。如果现今还有当时宝叉公司及其起源四厂的老设备、产品存世，想来也应算是件工业文物了，不妨也让长乐塬上的工业博物馆征集了去。

当年，李国伟通过建立铁工厂制造机器的实践，深刻体会到发展机器制造工业与整个国家的富强是密不可分的。他在总结申新发展机器制造业的经验和体会时撰写的《钢铁与国计民生》一文，发表在 1944 年 5 月的《工业月刊》上。文章痛惜抗战中中国遭受到的巨大损失，认为几年来我们之所以能维持抗战，"实在有赖于自力更生""自经此次敌寇侵略的切肤之痛，国人已得深刻之教训，发愤图强，惟有自力更生……如何能达到此目的，恐舍积极培植工业人才及提倡机器铁工厂外，似无其他根本解决之途"。

大哉斯言，至哉斯理！

李君上述所言之理，何曾过时耶？！

2019 年 5 月 26 日

蔡家坡故事

蔡家坡镇20世纪八九十年代旧貌

　　蔡家坡，位于积石原（又名积雍原）下，宋代起已为集镇，明代有土城一座，周长三里许、高两丈。彼时蔡家坡镇区周边的村庄，虽仍以农业为主，老百姓们依然过着饱受土匪劫掠、乡保盘剥的日出而作、日落而息的日子，但镇区逢双日有集，集镇上商业兴旺，一条不到五百米的街道，分布着大大小小的各色商铺、作坊、旅馆、饭馆，光烟馆、妓院就密密麻麻地矗了二十多家。

　　1937年3月，陇海铁路西宝段正式通车，蔡家坡火车站投入运

民国时期镇区街巷

营，四里八乡的老百姓成群结队前赴后继跑到火车站看不用马拉还跑得飞快的火车。自此，"车站"这一特指火车站周边商业街区的地理名词，遂被蔡家坡人沿用至今。火车站的投用，带来了大量的人流物流，也将这个小镇与西安、武汉、上海等大城市连接起来，使这个西府地区屈指可数的热火埠头更加繁荣。从西安到宝鸡的火车，在这里一天单向就有两趟停靠，三教九流都一个猛子扎了下来，外省客商纷纷涌入，车站地区商业发展迅速，蔡家坡的外号"小上海"也在关中道上慢慢地响起来。可以说陇海铁路的通车，正在逐步重塑这座小镇新的历史风貌。

火车拉来的，不仅有人流物流，还有先进的思想、外面的世界，更重要的则是以机器大工业为代表的先进生产力。宝鸡，一座火车拉来的城市，一座原籍人口仅有 4.6 万余人（1946 年统计，外籍人口则为 4.5 万）的农业县城，正是得益于陇海线上的列车，众多的内迁工业和充足的劳动力聚集于此，奠定了日后工业立市的基础。

陇海铁路通车仪式

宝鸡如是，蔡家坡更如是。

列车的呼啸将时光拉回 1940 年的深秋，李紫东、王瑞基出发了，他们带着雍兴公司的指令，一路向西，用脚步丈量起关中道上的每一寸土地，他们左顾右盼，上台原、下沟壑，走走停停，时而展开地图四下张望，合适的地方倒是有几处，可到底应该选在哪里呢？

他们知道的，是雍兴公司在 10 月 7 日的谈话会上形成的决议——要有利于战时防空，距城市较远，交通便利，并有山陵足资掩护；他们不知道的，是他们的决定或许将改变一个小镇未来的发展轨迹。寻寻觅觅间，时间已到 12 月，他们的目光最终锁定了一处地方：距蔡家坡火车站与蔡镇各约 1 公里，南靠陇海铁路，北依积石原根，距岐山县城 18 公里处。在他们选定的地方，雍兴公司将建设一座现代化的纺纱厂。而他们选定的蔡家坡，从此便走上了工业化发展的轨道。

蔡纺厂厂址选定后，1941 年 1 月 3 日，蔡纺厂筹备处成立，王瑞基为主任，刘持钧、张仲实为副主任。1941 年 3 月 20 日征地完成时，即破土动工，于 1941 年 11 月 1 日试车投产。1942 年 1 月 1 日正式开工生产，此时全厂有职员 50 人、工人 267 人。

1940 年 11 月 1 日，雍兴公司开始筹建西北机器厂。待蔡纺厂位置选定后，决定在其西邻建设为蔡纺厂配套生产、修理纺织设备和零件的机器厂。1941 年 3 月破土动工，初建的厂房均是一些简陋的平房、草棚，在不具备生产条件的情况下，4 月就开始承担雍兴公司所属厂修配任务。8 月 1 日机器厂宣告局部投产时，拥有职工 200 余人。

在今西北机器厂西厂生活区（现三村），当时还建有雍兴公司用以生产汽车动力用酒精的蔡家坡酒精厂，酒精厂与蔡纺厂、机器厂几乎同时动工兴建。酒精厂初建时，以白干酒蒸馏酒精，除了自己土法发酵日产白干酒 1 万斤外，还从齐家寨、眉县、柳林、金渠镇等地大量收购白酒，因此，这些地方的酒坊次第出现，但仍满足不了酒精厂的需求，客观上刺激了周边地区的酿酒业发展。后来汽油有了来源，就停止了酒精生产，扩建为面粉厂，日产面粉 500 袋，供应公司各厂及市面应用，还兼营酱油、味精、食醋、淀粉等调味品。

自此，蔡家坡"三大厂"的工业格局开始形成。一个公司，从东到西，在蔡家坡最肥美的土地上，建起了一座工业新城，镇区亦随之向西南扩展，遂成新区。

在火车站和"蔡三厂"的带动下，1941 年开始，蔡家坡集市上陆续出现照相、西药、书报、机器、缝纫等新兴行业，据当年《陕西银行汇刊》称，蔡镇有大小商号 73 家，行业涉及清酒、药材、粮食、油盐、木器、染织、书纸、屠宰、缝纫、布匹、麻业、蔬菜、编织、照相和银匠炉等。据《抗战以来的陕西岐山》记载：抗战以来工商企业内迁，"商人乘机贩运，利辄十倍，无论行商店商均有活泼向上之气，蔡镇接近铁路，尤有生气"。

及至中华人民共和国成立前夕，因货币不断贬值，物价动荡，店铺纷纷歇业，集市贸易又复萧条，但蔡家坡的工商业基础骨架已搭建完毕。需要特别提及的是，此时宝鸡的工业企业存者无几，尤其是重工业企业硕果仅存者，唯宝鸡机厂、申四铁工厂及蔡家坡西北机器厂。

雍兴公司蔡纺厂、机器厂建成后，相继购置发供电设施自行发电，自用自管，开岐山全境电力事业之先河。1954 年，纱厂电厂经更新扩容后，向火车站及其附近供电，直至 1959 年 2 月，蔡家坡 110 千伏变电站建成，才关闭了该电厂。

1960 年 2 月，正值"二五"时期，国家为适应电子工业发展需要，减轻整机工装配套负担，四机部决定在蔡家坡火车站西 1.5 公里、陇海铁路以北、书房沟下，筹建渭河工具厂，指令两年建成投产。1961 年，国家经济出现暂时困难，加之建材供应不足，工厂停建。全厂职工为渡过难关，在停建停产情况下，发扬艰苦创业、自力更生精神，利用主体工程刚完工的两幢厂房，安装了土镗床及其他设备，搭起了油毡棚做翻砂间，安装一座外厂废弃的小化铁炉，用骡子拉石碌碡压耐火砖和焦炭末开始生产。当年生产出标准模架 4000 套、劈刀和白钢刀 1 万多把，不但解决了职工的生活问题，还实现了利润 18000 元。与此同时，工程技术人员同工人一起，将模架的垂直精度由 0.015% 提高到 0.01%，试制出高精度模架。1963 年 2 月，四机部批准渭河工具厂重新上马，投资控制在 1000 万元左右，职工人数控制在 1000 人之内，并颁发了生产大纲。1965 年 8 月正式验收投产。当时总占地面积 332348.33 平方米，建筑面积 7188 平方米；各种设备 374 台，其中金切设备 66 台、锻压设备 67 台、动力设备 27 台、检测设备 27 台、精大稀设备 5 台，有职工 758 人。至 1989 年，有职工 2035 人，主要产品有钢钻头、手用丝锥、圆扳牙、白钢刀、模架等。1965 年 2 月，渭河工具厂受四机部委托筹建"西北精密齿轮厂"（882 厂），于 1966 年 9 月建成投产，主要产品有雷达、通讯机用各种精密小模数齿轮，后合并为该厂的一个车间。

自此，镇区再一次向西拓展至县境西界，西机、702、纸厂等数厂环抱下的零胡集贸市场、自立路和建国路路边集市愈加繁荣。而 702 家属区内那座落成于 1987 年 8 月，颇具苏州园林韵味的"园外园"，几乎成了那年西机子校的小学生们春游的必去之地。

1968年4月11日，"三线"建设时期，一机部汽车局批准在麦李西沟建设重型汽车制造厂，6月15日，决定陕西汽车制造厂由北京汽车制造厂包建，发动机车间由南京汽车制造厂和杭州发动机厂包建。北汽和南汽支援陕汽1100人，并由北汽代陕汽招收学员1500人。1969年破土施工，1975年投入批量生产，1989年时有职工5994人。

1966年，一机部决定在陕西建设5吨军用越野车生产基地，陕西汽车齿轮厂分工生产所需的变速器、分动器、助力器和绞盘等四种产品总成及三桥齿轮。1968年，陕齿厂由北京齿轮厂包建，按照"靠山、分散、隐蔽"的方针，4月11日，一机部汽车局批准厂址选定在宝鸡、岐山两县交界的同峪沟。1969年上半年破土兴建，1979年正式交付生产，1989年时全厂职工总人数3399人。

除部属的陕汽、陕齿外，蔡家坡周边地区，省属企业还有位于原孝子陵乡曹交陵村，1966年8月6日始建，1970年8月15日投产，1989年时有职工1187人的陕西省先锋机械厂；位于原曹家乡金家磨村，1967年自黄陵县迁入，1970年投产，1989年时有职工1434人的陕西省前进机械厂；位于原孝子陵乡粉王村，1967年动工，1970年投产，1989年时有职工883人的五二三印刷厂。

岐山县境内所有的省部属企业，全部被安置在了蔡家坡及其周边地区。

县属企业还有1959年3月兴办的岐山县红旗机械厂（1989年时有职工293人，下同）；1974年10月投产的岐山县磷肥厂（417人）；1977年12月投产的岐山县化肥厂（670人）；1961年更名、笔者曾去参观过生产线的岐山县蔡家坡纸厂（412人）；1956年2月在

6家作坊合并的公私合营蔡家坡酒厂基础上扩建的生产"五丈原"牌60度特酿凤鸣酒的岐山县酒厂（102人）；1978年投产、位于安乐乡、生产抗病毒注射液等药品的岐山县制药厂（374人）；1959年接管、1980年迁至铁中西侧、后来生产过华丰方便面的岐山县糖业烟酒公司食品加工厂（46人）；1956年由西机酱货厂和蔡家坡镇酱园合并组成的公私合营酱货加工厂（1981年交岐星村）；1985年建成的岐山县综合加工厂（7人）；位于自强路的岐山县蔡家坡服装厂（132人）；起源于1956年的岐山县蔡家坡制鞋厂（156人）；起源于1956年的岐山县塑料皮革厂（184人）等。

上述这些企业，伴随着它们自身厂区、家属区各项配套的建设、发展，除在它们自己的一亩三分地上迅速实现工业化、城镇化外，也必然地承担起了厂子周边地区现代化基础设施的建设、保养和

20世纪70年代蔡家坡火车站周边

维修，并带动了周边的商业繁荣。一片片工业新区在蔡家坡的土地上如雨后春笋般拔节生长，彻底地改变了蔡家坡地区的城镇风貌。

蔡家坡除以上这些工业企业外，还有百货批发公司、饮食服务公司、五金交电化工批发公司、蔬菜公司、食品公司、石油公司、纺织品批发公司、曹家综合商店、药品器械公司、百货大楼、劳动服务公司商店、工业供销公司、粮站等国营商业单位。蔡家坡不是县城，已胜似县城。

回过头来再看人口。1949 年 7 月 16 日，市军管会代表秦天泽接管移交蔡纺厂，此时有纱锭 1.644 万枚、职员 57 人、工人 1195 人；至 1989 年，陕九职工 6957 人。1947 年，西北机器厂职工数曾达到 870 人；市军管会代表李丹奉命接管该厂时，全厂有职工 408 人；至 1989 年底，职工 5078 人。酒精厂在市军管会接管后，改为西北人民面粉厂，随着大西北的解放，1951 年 5 月 15 日，西北工业部决定将面粉厂迁新疆，全部房地产拨给西北机器厂，面粉厂职工最多时达到 420 人。至于三厂家属人数，因资料所限，尚未找到翔实数据。

1949 年，岐山全县总人口 177570 人，其中非农业人口 8689 人，蔡家坡非农业人口估计占全县的半数以上；1982 年，全县 390068 人，其中非农业人口 50002 人；1989 年全县 420740 人，其中非农业人口 56405 人。

蔡家坡 1964 年总人口 39922 人；1982 年总人口 53648 人，人口密度每平方公里 1551 人，为宝鸡市区人口密度的 1.73 倍。据 1982 年人口普查，蔡家坡及周边地区的西北机器厂、陕棉九厂及后迁建、新建的渭河工具厂、先锋机械厂、五二三厂、前进机械厂、陕西汽车制造厂、省建二公司三处等国营企业总计 30930 人，占全县非农业人口的约 60%。

从以上人口数据体现出的规模和构成上，可以看出蔡家坡的工业地位。蔡家坡的工厂既有接收企业，也有"二五""大三线""小三线"企业；既有轻工企业，又有重工企业；既有机械制造企业，又有专用电子设备和工模具企业；既有省部属企业，也有县属企业，几乎涵盖各种类型。不出小镇，衣食住行的各样物品甚至可以自给自足。

一部蔡家坡的工业史，几乎囊括了它自陇海铁路通车以来 80 余年的发展史。

蔡家坡的工厂天然地形成了二至三代的"厂子弟"。对于西机和陕九，中华人民共和国成立初是第一代，20世纪六七十年代接过父辈班的是第二代，八九十年代出生的是第三代；对于702、陕汽、陕齿来说，则错后了一代人，且只有两代。随着八〇后一代人陆续考学远走，历经国企改革后的阵痛，这些厂子的新鲜血液已主要来自向外招聘，这些厂子弟中的绝大多数再也没有像他们的父辈那样接过上一辈人手中的锤头。厂子弟，如今已即将成为具有特殊记忆和基因留存的一个历史名词。在这些共和国秩序最紧密的地方，厂子弟的身上不可避免地被印刻上了懂规矩、识大体、甘奉献、能吃苦、不折腾、近木讷的"子弟气质"。702厂子弟、青年作家段路晨说："对于厂子弟而言，内心的故乡不是某个小村庄，而他们的故乡，便是相似又不同的'我们厂'。"这，或许会是厂子弟故乡情结最贴切的形容——当别人问起我们是哪里人时，我们更习惯说我家在某某厂，与岐山县无关，甚至与蔡家坡镇无关，因为进入那个厂门，我们就是一个独立的世界，我们有一个独立的生活空间。

蔡家坡的工人作为先进生产力的代表，也引领着蔡家坡地区先进文化的前进方向。无论是中华人民共和国成立前的"蔡三厂"，还是702厂建成后形成的"三大厂"以及虽不在蔡家坡镇区但在心理上和生活上更趋近、认同于蔡家坡的陕汽、陕齿、前机、先机、五二三，它们都在各自能够影响的范围内，引领了周边地区的时尚潮流和文化娱乐活动。甚至它们家属区的大门开在哪里，都能决定哪条街道的繁华程度，比如曾经西机家属区南门的自立路和如今东门外的解放路。这些来自天南海北的工人，更是直接将逢年过节探亲时接触到的沿海发达地区的新鲜事物，以火车的速度，迅速带回到了这个关中小镇、秦岭沟峪。

西机礼堂

无论对于宝鸡，还是对于蔡家坡的历史文化而言，因路而兴、因工业而兴是不容回避的事实，工业文化始终应是一项不可或缺的重要内容。十里铺长乐塬下，依托申福新的老建筑，正在筹建"十里荣耀"景区和抗战工业遗址博物馆，希望蔡家坡道北地区也能得到提升改造，辟一方小小的土地，或者就干脆将西机幼儿园坡下的那座颇具年代感、建成于1954年的大礼堂改造一番，建起一座蔡家坡工业历史博物馆，并将几近荒废的西机四村、五村及老龙池至书房沟一带结合北坡森林公园的建设，一并打造成休闲健身、养老服务、文化创意、民俗旅游的集中区，再根据小说《书房沟》排一部实景剧，为这座小镇在道北地区留下一些初生时的工业记忆和历史情怀，让蔡家坡的孩子都能忆起他们出发时的原点，功莫大焉！

2018年4月8日

百年凤翔师范　西府文脉渊源

19世纪末，清政府在中日甲午战争中失败，被迫签订屈辱的《马关条约》，之后帝国主义掀起瓜分中国的狂潮，民族危机日益严重。有识之士痛感时局之危急，奋起救亡图存。开办新学培养人才，是措施之一。

1912年凤师所建校门

1898年，清政府制定《京师大学堂章程》，以后历经"戊戌政变"、义和团运动、八国联军侵占北京等变故，京师大学堂屡遭摧残，以致停办。1901年，清政府重建京师大学堂，先设速成科，下分仕学馆和师范馆，师范馆首先招生，于1902年12月17日开学，校址设在景山东马神庙，京师大学堂师范馆即后来的北京师范大学和西北师范大学之前身。

1902年还发生过这样一些事：慈禧太后和光绪帝结束西逃返回

北京；梁启超在日本创办《新民丛报》；英国人李提摩太和山西巡抚岑春煊共同创办山西大学堂；张之洞创立湖北师范学堂；南京两江优级师范学堂成立；江苏仪董学堂（即江苏省扬州中学前身）成立；袁世凯创立北洋军医学堂……此外，这一年，童第周、赵忠尧、周培源、吴学周、黄克诚、苏步青、阳翰笙、胡风、罗荣桓、沈从文等名人大家相继出生。

1902 年（清光绪二十八年），关中西府，凤翔知府傅世炜受外地兴办学堂影响，"诏犹未下"，即主持将凤起书院改办为凤翔府中学堂，面积仅 4 亩，平房 57 间，为凤翔府首立之新式中学堂，亦为凤翔师范学校之前身。

中学堂一开始在凤起书院原址儒林巷准提庵（今儒林小学址），后由知府尹昌龄、名绅刘源森主持，于 1905 年在凤翔府旧考院址（今凤师中院）新建校园，耗银十万两，于 1906 年落成，移中学堂于其中。新建的这所学堂，是当时西府地区首建的一所园林式新式学堂，学堂从校门到各舍，全部由穿廊相连，校内行人"头不顶天，脚不沾土"，无论其规模、建筑、设备、教学质量，均传为全省学堂之冠。当时的陕西省学务处赞谓："贤太守精研学制，大启宏观，善作善成……当为吾陕学界增一异彩也。"作为"新式洋学堂"，校园还一直向游人开放，可见其胜境。惜于 1911 年 9 月辛亥革命时毁于兵燹，今无图籍可考，不能知其原貌了。

中学堂学生招收于府属八州县，初招生 100 名左右，至 1907 年学生近 400 名。中学堂兼习中学、西学，中学为体，西学为用。其宗旨"以忠孝为本，以中国经史之学为基""令高等小学堂毕业者入焉，以施较深之普通教育，俾毕业后不仕者从事于各项实业，进取者升入各专门高等学堂均有根底"（清廷《奏定学堂章程》）。凤翔府中学堂据此施行教育教学，置"忠君""尊孔"于首位，培养国民之善性，扩充国民之知识，强壮国民之气体。学制5年，不分初中、高中。课程基本按清廷《奏定中学堂章程》所定之12门科目开设，部分理科因师资缺乏有时停开。中学堂教学比之改制前，较为重视经世致用，即使经学亦要求"讲《左传》宜解说其大事与今日世界情形相合者；讲《周礼》宜阐发先王制度之善，养民教民诸政之详备，与今日情形相类可效法者"，但强调"不可务新好奇，创为异说，致启驳杂支离之弊"，严禁学生干预国家和学堂事务，不许集会演讲等，以控制思想，限制创新。

1905年，知府尹昌龄又创办了凤翔府师范传习所和蚕桑学堂，均附设于凤翔府中学堂。师范传习所始设于凤翔府旧考院址，由中学堂统一领导授业，设监学、教导、教员、副教员等，负责教学及管理。学生多来自本府"向在乡村市镇以教授为业而品行端谨、文理平通、年龄在30岁以上50岁以下"的学而未进者，亦有少数初级或高级小学堂教师；此外还设有旁听生，"乡间老生寒儒，有欲从事教育者可来堂观听"，不限名额，不定功课，久暂来去，听其自便。正式学生人数亦不甚固定。学制10个月，每年一期，每期学生30至40名。

师范传习所"习普通学外，并讲明教授管理之法"，使受教者取得合格的教师凭照，为凤属八邑的小学堂培养新教师。开设课程有：修身、讲经读经、中国文学、教育学、历史、地理、算学、博物、物理及化学、习字、图画、体操，共12科。教育学课时最多，习字为必修，"习官话"为中国文学的教学内容之一。修业期满经考试合格者，发给准其充任小学堂教员的凭照，允其在乡镇开设小学，教授儿童。师范传习所同样开办至1911年，毁于战火，办学期间为凤翔府培养了一批能教授新课程、懂管理的小学堂教师，对西府地区的教育改制及其发展亦有所促进。

可以说，师范传习所乃凤翔府师范教育之始创，凤翔师范学校之滥觞。

1912年2月，凤翔府中学堂改立为陕西省立第二中学，首任校长严敬于旧考院原址主持重修校舍，据说其建筑大体仿照原中学堂营建。后将西侧紧邻之文庙和东侧相邻之文昌祠等扩入，校园面积倍增。

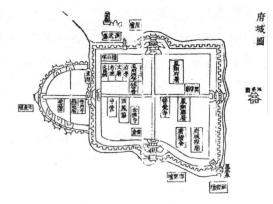

乾隆年间凤翔府城图，可见凤师地理位置关系和南城墙上之文笔塔

校门北向，为原考院大门改建，门楣有校名大匾。进大门即为一小庭院，东侧为传达室、会客室，西侧为印刷室。庭院之南系"二门"，二门门楣横书"近圣人居"四字，两边楹联："太华山高耸起文风万丈，黄河水远喷来墨浪千层。"进二门为一座五间"过厅"（今校史展览室址），抗战时期厅内东西壁各有一匾：一为"尊师重道"，一为"投笔从戎"。向南越"过厅"即是一"四合院"（今犹俗称四合院，即现在校史教育展览馆南半部），其院东西各为南北走向的6间侧房，为教工宿舍，正南为东西走向的厅堂，共8间分为3座，其间各有一南北甬道相隔。中央4间为"中山纪念堂"，兼做校务办公厅及会议厅；东二间为教导主任室，西二间为教

导处。院中四面房舍，均由宽阔穿廊相连。屋脊简瓦，廊柱洞门，古朴典雅。会议厅之南即为教学区。教室东西走向两排，各排面南5个教室，共33间。以上为东院（即今之中院一部分）。

东院西侧紧连西院。西院北端与校门内小庭院平行，为原文庙"崇圣祠"改建的图书馆（即今学生3号宿舍院址）。此殿房基高约身许，彩瓦雕檐，四周翠柏掩映。相传始建于唐代，北宋时"石鼓"及"诅楚碑"即存于此，苏轼于此读石鼓文和诅楚文，并曾手植翠柏四棵于祠前。崇圣祠惜于1990年冬失火尽毁。

由崇圣祠改造的图书馆

崇圣祠向南逐级而下，南北通道的东西两侧各为东西走向的两排宿舍，4排共24间。其西即为学生灶。学生灶之南便是作为大礼堂的原文庙"大成殿"（即今行政办公楼）。此殿于1959年拆除前，长期作为凤师礼堂，全校集会、演出均在其内，其宏伟宽阔为旧时凤翔建筑之首。

东西两院的南端即为一万多平方米的操场，操场南侧凤师围墙外的凤翔南城墙上曾建有文笔塔，"文笔朝晖"为凤翔县旧时八景之一。如今，文笔塔与城墙均早已不复存在，只能从清乾隆年间为《凤翔府志》编次的江西南城县举人周方炯的诗作中凭吊了："奎璧东南壮物华，孤高文笔走龙蛇。脱颖不留毛遂囊，建标远接赤城霞。寒芒夜扫千人阵，春彩朝生五色花。从此凤凰池上客，长将翰墨奉

"文笔朝晖"复原图

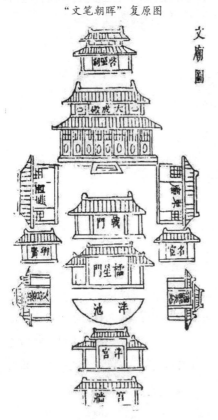

乾隆年间凤翔府文庙图

天家。"曾多次参与陕甘古庙宇和凤翔东湖的修复、绘制壁画的凤翔县民间艺术家周建赟，曾于2013年以工笔画形式复原了此一胜景。

随着学校的发展，其后又于东院向东扩展校园，从北往南建成平房6排，每排10间，为学生宿舍。各排东侧挖井一口，以供学生露天便溺之用——此种厕所如今想来不可思议，但在当时习而不怪。东边扩建的学生宿舍新称东院，原东院文昌祠旧址归于中院。

校园内广植花木，海棠、蜡梅、女贞、翠柏、竹林、垂柳等争奇斗艳，又间以花坛，诗情画意，一派园林风光。

1919年和1938年间，校园先后被军阀部队、黄埔军校七分校及战地失学

北仓办学旧址

青年就学辅导处占据，二中先后在西安、虢镇、凤翔北街粮仓和金佛寺一带流亡办学，前后累计长达 16 年之久，校舍花木多有毁损。1946 年春，凤师终由北仓迁回原校址，方才结束了其颠沛流离的办学历史。后虽经国民政府几次拨款修缮，但因拨款有限，又兼管理不善，均未达到原来之规模。到 1949 年解放时，校园面积 50 亩，房舍 90 余间，一派破败景象。

1930 年，陕西省立第八师范（1927 年创办于岐山县）并入。1934 年 8 月，省立二中改为陕西省立凤翔师范学校（简称"凤师"），时为四年制简师。1939

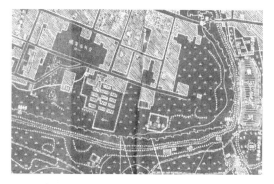

1947 年 4 月凤翔县城厢图（局部）

年，教师余达夫（中共党员，中华人民共和国成立后在汉中大学即今陕西理工大学工作）、孙尊武创作了校歌。1941 年始招中师一个班，25 名学生。当年在校学生 530 余人，教职员工 46 人，为中华人民共和国成立前师生最多的一年。招生范围除原凤翔府所属 8 县外，还有武功、咸阳、兴平、礼泉、长安、高陵、合阳、澄城、户县、潼关及陕南城固等县。1947年1月2日，凤师举行了首届校庆。

陕西省立凤翔师范校歌

1949年7月，凤翔解放，凤师迎来了新生，学校规模迅速扩大，办学条件逐步改善。1951年，学校更名为陕西省凤翔师范学校。1952年秋，招收新生336名。1954年至1963年，人民政府数次拨款100多万元，建筑面积扩大3800多平方米，校园由50亩扩至70多亩。20世纪50年代后期，学校设有中师部、函授部、师训部、附属小学及幼儿园。1966年，学校停止招生。自1972年，先后采用考试、推荐、"社来社去"等办法恢复招生，并陆续设立语文、数学、物理、农化、英语、体育、音乐、美术等专业班，为七年制学校培养师资。1974年，于武功、宝鸡、扶风、岐山、眉县、凤翔六县教师进修学校设立分校。1977年，恢复统一招生和毕业分配制度。

党的十一届三中全会以来，凤师进入新的发展时期。1980年，教育部颁布了《中等师范学校规程（试行草案）》等有关文件，学校各项工作逐步走向正轨。1981年，除幼师专业外，停招专业班，开设普通师范班，招收初中毕业生和部分有实践经验的民办教师，培养一专多能、全面发展的小学教师。1984年10月，首届三次教代会确定了"教书育人，为人师表"的校训和校风、教风、学风、干部作风。1986年，于宝鸡市原工读学校旧址设立凤翔师范教学点，专招全市民办教师，原设立的 6 所分校全部撤销。1987 年，学校提出了创建一流师范的奋斗目标。之后，根据国家有关标准和学校实际，制订了校园建设整体规划，并加快建设步伐。至 1995 年共投入资金 800 多万元，新建校舍面积 1.21 万平方米，购置教学设备价值 180 多万元，基本实现办学条件标准化，被国家教委中师标准化建设联检团评为全国"农村一流师范"学校。至 2001 年底，凤师百年校庆前夕，校园扩至近 90 亩，建筑面积达 3.85 万平方米。

2003 年 5 月，宝鸡职业技术学院成立后，凤师更名为宝鸡职业技术学院师范部；2007 年元月撤部建系，凤师校区分设人文系和数理系；2009 年 7 月，随着学院管理体制变化的需要，撤系建院，凤师校区更名为宝鸡职业技术学院凤翔师范分院；2017 年 7 月，因学校所在地为县城、距市区较远等局限，招生和聘任教师方面存在的困难愈发突出，已不符合现今高等院校的发展趋势，凤翔师范分院整体合并至宝鸡职业技术学院，原校址结束了 115 年的历史使命，另作他用。

凤翔师范是一所具有光荣革命传统的学校。早在辛亥革命时期，曾任凤翔府中学堂堂长的窦应昌和教员刘治州，就是追随孙中山先生革命的同盟会会员。早在 1927 年，中共党员刘尚达、何寓础、武伯伦等来凤师任教，凤师有了第一批中共党员。为开展扩大西府地区党的工作，1932 年，以教书为掩护的共产党员冯润璋、吴碧云，受中共陕西省委指示，发展组建了中共二中特别支部，在师生中发展中共党员，传播进步思想。在党组织的领导下，师生抗日救亡运动如火如荼，反对查封进步书籍、迫害进步学生、解聘进步教师和反内战的学潮迭起，培养了大批有作为的进步青年。"五四运动"爆发后，凤师学生在西府首起响应，上街游行高呼"外争主权，内除国贼"等口号，声援北京"五四运动"。1931 年"九一八事变"后和 1936 年"西安事变"爆发后，凤师学生掀起抗日救国运动，宣传抗日救国思想，下乡宣传，罢课斗争，组团去西安请愿参加抗日前线。1938 年至 1939 年，宝鸡、凤翔、眉县、扶风、陇县、兴平等县建党或恢复党组织的第一任工委书记均为在凤师入党而投身革命的学生。凤翔师范地下党组织和学生运动，数十年薪火相传，不论是反帝反封建，还是反内战反独裁，凤师地下党员和学生都是站在西府地区斗争的前列，他们英勇悲壮的革命历程，奔走呼号的斗争精神，成为西府地区进行革命传统教育的生动教材。

建校一百多年以来，凤师已为教育事业培养了 3 万多名教师，其中之"省级教学能手"不胜

凤翔师范校门旧貌 1

枚举，被誉为"西府地区教师的摇篮"。在当年，进入凤师学习的，都曾是初中阶段学业最出类拔萃的一批人，中师毕业，就意味着能分配、当老师，有一份稳定的工作。他们是基础教育的"黄金一代"。因为有了他们，才能让我们的孩子，不管是出生在城市，还是出生在偏远的乡村，都享受到同样的基础教育。让偏远山区的一批天资聪颖的儿童，像城里小孩一样，走上更为广阔的历史舞台。凤师不仅教会了他们从事教育工作的各项技能，三年的校园传统文化氛围的浸润也让他们的心胸更宽广，眼界更开阔。教育领域是他们的主战场，政、工、商等各个领域都活跃着凤师人的身影。他们凭

借着自己聪颖的天分，凭借在学校接受的专门训练，在各个领域都干得风生水起。正是通过一批批凤师学子的努力，才有今天西府地区基础教育的长足发展，凤翔师范以他们为傲，他们也必将以自己曾是凤师人为荣！

或许，过了这个盛夏时节，记忆深处的凤师将从视线中彻底消失，所有的青春时光，所有的人生念想，都将从此停留于记忆的长河之中。

凤翔师范校门旧貌2

当得知凤师即将整体合并搬迁的消息后，宝鸡市国学研究会会长、中国作协会员、长篇小说《书房沟》的作者李巨怀先生曾不无感慨地说："时间愈久，凤师愈新。生于斯长于斯的宝鸡文脉因此校而源远流长，绵延不息，凤师居功至伟，百世馨香。"

凤翔师范旧貌

让我们永远记住她，一曲绝唱秦川八百里，百年风华雍州一名校。

凤凰不死，精魂永存！

2017 年 8 月

湮没于西机六村的私立雍兴高级工业职业学校

西机二村、六村

过了丈八寺向东，在西机、陕九两厂之间，有片西机的生活区，谓之二村、六村。二村在北，紧倚北坡，从二村背后的台阶拾级而上，是年少时的我们寻找野趣、俯瞰平原的又一捷径。但是，直到在写西机、陕九建厂记忆的时候，笔者才发现在西机的六村，竟然存在过一所我们毫不知晓的学校，只是限于当时手头的资料，尚无法详述。及至今年 6 月，陕西工业职业技术学院为筹备校庆事宜联系到笔者，讲到该校的起源，方才又燃起了笔者探索的欲望。

讲起这所学校，自然还是离不开雍兴公司，还是得回溯到那个战火纷飞的年代……

1932 年"一·二八事变"后，上海及东南沿海受战火威胁日益严重，在国防比较安全的内地，建立新的工业基地成为普遍呼声。为了在保存工业实力的前提下，延续纺织等事关国计民生的轻工业和具有国防意义的重工业，特别是机器制造业的生机，进而构建战时经济体系，工业内迁逐渐被提上日程。1937 年 7 月，"卢沟桥事变"爆发，国民政府为保存民族工业命脉，响应大众呼吁，紧急动员和组织沿海沿江工业企业、科研院所、高等学校陆续迁入西南、西北大后方地区，这个以工矿企业的陆续内迁为标志的战略行动，史称"西渐运动"。

工业西渐作为以国防为中心的经济建设，为战争持久进行提供了有力的物质支持，有力地支撑了抗日战争有效的战略纵深。资料显示：内迁企业中以机器厂居多，从上海迁出的 146 家工厂中，机器

西机六村遗留老厂房

厂就占 66 家，占上海原有机器厂的 10%；整个后方各省到 1942 年有大小机器厂 436 家，而当时整个国统区也只有 682 家，大部分已经分布在大后方各省。与战前相比，西渐运动中，陕西厂家已超过3700 家，资本总额达 20 亿元，工人共约 24 万人，动力约为 14 万马力，与上海 1933—1934 年间工厂情形不相上下。在工厂数方面，陕西占全国总工厂数的 10.2%，排第三位；资本方面，陕西占 5.4%；动力设备，陕西占 10.8%。针对中国民族资本工业以轻工业为主的现状，国民政府经济部在一份报告中指出，"应以基础工业为中心"，

认为"大后方工业已经不能依照一般国家由轻工业向重工业发展的自然顺序",而是应突出国防军事之需要。

由于是被抗战逼上马的,无论军工还是民用企业,投产后军事作用、经济社会效益都很好。同时,工业西渐不但给西北带来了先进的技术、设备、人才以及管理经验,而且改变了中国民族工业发展的战略布局,填补了西北新型工业的空白,实现了中国近代史上最大的经济转移,促进了西部开发,使西部地区的工业在战时短短的数年,便走完了平时需要数十年才能走完的历程,并为日后西部地区工业的发展创造了条件、奠定了基础。陕西,也成为当时抗战的重要物资供应基地。雍兴实业股份有限公司作为工业西渐运动的有生力量,在西北近代工业发展史上具有重大意义。

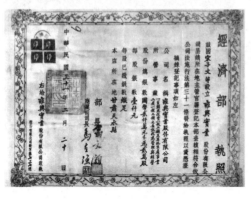

雍兴公司执照

在抗战和西渐运动的历史背景下,雍兴公司认识到,"兴学育才,以担当民族复兴工作,实为当务之急,况近年来政府眷顾西陲,以亟谋开发西北昭示国人,故西北方面应如何就地培养干部、技术人才,以应工业建设人才需要,尤属迫切要图"。因此,在蔡家坡陆续建起纺织厂、西北机器厂、动力酒精厂后,为了更好地向逐渐壮大起来的所属各工厂补充人力、培养自己的专业技术人员,雍兴公司总经理束云章首倡创办高级工业职业学校之议。

1942年夏,议定校名为"私立雍兴高级工业职业学校"(简称

"雍兴高工"），暂设纺织、机械两科，并先行于西安成立了校董会，束云章为董事长，沈钥、杨毓琇、李紫东、王瑞基、刘持钧、吕凤章为校董，以岐山县蔡家坡为建校地址。议成之后，一方面筹集资金，并商雍兴公司分担经营费用；一方面拟具组织纲要，呈报陕西省教育厅核准成立。同年 8 月，聘请吴本蕃任校长。选址征地、兴建校舍、聘请师资、购置教具，兼程并进。学校最终选定位于蔡家坡纺织厂与西北机器厂之间的一级台地为建校地址，背倚高原，面临渭水，陇海铁路蛇延横过，太白山峰巍峨遥对，占地 46 亩。

雍兴高职校四至范围

同年 9 月，雍兴高工举行了首次招生考试，录取纺织、机械两科学生共 50 名，只是当时校舍尚在建设之中，这次录取的学生暂被安排到蔡纺厂及西机厂实习三月。年底，校舍大部落成，师资和教学设备基本到位，遂于 1943 年元月正式开学授课。同时，"应需设备，次第添置，凡图书、仪器、实习机器工具均经广为搜求，逐渐充实"。1945 年 6 月，机、纺两科第一届学生参加了毕业考试，由教育厅派员监试，参加毕业考试的机械科 14 名、纺织科 12 名学生，成绩均及格，由学校按其所学专业和成绩，并参考其意愿，分别介绍服务于雍兴公司所属各大工厂。只是当时毕业人数太少，终未能满足各厂之需求。

　　1945 年 9 月，奉教育厅转部令准予学校备案，并颁发钤记，雍兴高工的地位得到正式确立。

私立雍兴高级工业职业学校除对有关学科统筹兼顾，不使偏废外，对教学设施，以实事求是、学做合一为唯一方针，故而非常重视工厂实习，讲求使学生于实地工作中，求取经验，并结合理论所学，达到学以致用、得心应手。实习地点，机械科安排在西北机器厂，该厂"实为西北机器工业巨擘"——该厂之创设，雍兴公司"原以战后自制大宗纱机及发展机械工业为主要目的""适应西北纺织工业之需要，并注重于创造以国产棉花为对象之中国标准型纱机，以树战后纺织工业之基础"；纺织科则安排在蔡家坡纺织厂，该厂规模完善，技术设备在当时也算处于先进行列。两厂相邻，实习极为便利，加之两厂均为当时西北纺织、机械领域的翘楚，在这里实习，想来获益良多。1944 年春，学校开始筹建小型染织实习工场，以应急需，安装有织布、织袜等机器及染锅等；1945 年 2 月春季开学时，该场已可以为纺织科学生提供染织方面的实习教学了。

雍兴高级工业职业学校第二届机纺两科学生毕业纪念照

在笔者手头现有的资料中，雍兴公司对于这所学校的安排部署并不多见，只在雍兴公司第五、第九、第十次董事会上通过了三项议案。1943年2月25日第五次董事会："本公司为造就纺织机械工业人才起见，在蔡家坡设立雍兴高级工业职业学校，建设基金核定为240万元，拟请本公司各厂及联厂分别担任并聘吴本蕃君兼任校长，请予以追认。"1944年4月21日第九次董事会："本公司为造就纺织及机械基本人才起见，在蔡家坡设立雍兴高级职业学校一所，分纺织、机械两系，三年毕业，学生毕业以后，本公司所属纺织、机器各厂有优先征用之权。所有该校经费均由各厂暂行摊任，基金一项尚无着落，为使该校基础得以巩固计，拟由历年所提准备项下拨出基金300万元作为该校基金。如何请付公决。"1945年8月28日第十次董事会："中行西北运输处为雍中行委托本公司代管，现已办理结束，已报告如前。估计该处结束后，除各处站所置房屋地不计外，约可多余现款1亿元至2倍，兹拟请该处提拨4500万元交由本公司。分配如下：本公司蔡家坡职业学校基金2000万元。（理由）查该校设立系为本公司各厂及联厂技术人才起见，若基金充足，办理得法，则各厂中下级基本技术人才可以无待外求。百年树人，实为远大之计，加以设立纺织实习工场需费更巨，然此皆必不能省之费，再四筹维，惟有充实基金，一劳永逸……"字里行间能够非常明显地看出雍兴公司对该校的重视，以及对中下级技术工人的渴求。

雍兴高工现下虽然是以培养中下级技术工人为目标，但其在战后的发展目标却不尽于此。该校估计到战后工作维艰，各项技术人才亟待培植，且工业教育所负之使命重大，所以除充实现有班级设备外，拟适应社会需求，增设化工、发电、食品及工商管理等科，并继续筹办小型纺纱场、铁工场等实习工场，还拟筹建科学馆、增设体育馆、扩大图书馆、设立医务室和浴室等其他福利设施。在规模完善、条件具备后，拟改为专科学校，培养高级技术人员和研究人员，使学生得到进一步的深造机会，为社会尽更大职责。从中可看出雍兴高工，甚至雍兴公司的远大计划了。

截至 1946 年 5 月，校园占地 46 亩，纵跨现今西机六村及厂区一部的雍兴高工，校园北高南低，校舍一律青砖墙，坚固整齐，在当地算是最好的建筑。校南大门外是大操场，操场周围全是高大的白杨树。学校共拥有办公室、大礼堂、教室、制图室、理化实验室、图书馆、库房、纺织实习工场、教职员宿舍、教职员眷属住宅、学生宿舍、学生游艺室、工人宿舍、饭厅、厨房、茶炉房及其他建筑 212 间，这些建筑占地面积 5058.7 平方米；图书馆计有中文书籍 2661 册、西文书籍 339 册、杂志 40 种、报纸 10 种，分哲理、教育、社会、艺术、自然、应用、语言、文学及其他等类别；理化仪器及化学药品基本完备，可满足教学之用；体育场 2 所，篮球、排球、垒球、足球、板羽球、乒乓球各场齐全，体育设备及用具均可满足教学需要。校园内广植树木花草，校舍建筑整齐，不失为一恬静庄严之境。

雍兴高工纺、机两科均系遵章招收初级中学毕业，或具有同等学力（以不超过 20% 为度）之男生，肄业、修业期限一律三年。工业职业教育，较一般学校课程繁重，而纺织及机械又为工学中较重之两科，以规定修业三年之短促期限，欲使学生获得应用知识与技能，以期学成后从事工业建设工作，实非易事。故第一学年侧重基本知识及学理，室内教学时数较多，工场实习时数较少；第二学年实习时数与室内教学时数均衡；第三学年则侧重实习工作。当时，我国工厂职业教育虽已具有相当历史，唯应用教科书尚无统一规定与系统的编著出版，故各科所用教材，除普通学科如公民、国文、英文、数理等选用一般高级教科书外，专门学科多由各科教员根据教学经验、考虑学生学习程度，选编讲义。讲授标准，在普通学科方面，注重基本知识，辅助学生对于各种专门学科的理解及进一步研究；专门学科方面，则针对近代工业趋向及工厂设备，做系统的学理介绍与讲解，而以不与实际工作脱节为归依。

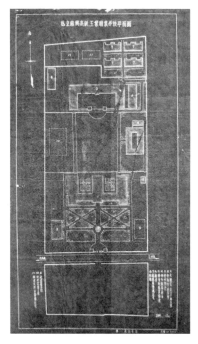

雍兴高工校园平面图

雍兴高工在中华人民共和国成立前，招生共历 5 届，招生 300 多人，先后在校毕业 200 余人，大都分派在雍兴公司各厂及中国银行所属的重庆豫丰、合川纱厂服务。学校针对学生的平时作业、考试、实验成绩分设奖惩，开除、留级、补考、颁授奖学金均有规定，更于每学期中随时举行各科测验竞赛，择优奖励，使得学校学术气氛浓厚，"砥砺切磋，蔚为良风"。

除了学习之外，学校对学生的生活、德育、体育、精神、物质及社会活动方面均有指导和管理。学生起居作息，以号音为准；膳食排定有营养食谱，一日三餐，以面食为主、米饭辅之，菜蔬一律两碗；平日均着制服，冬青夏灰，整体朴素，另有工作服一套，服装费用由学校补助一半；患病学生另设有养病室，与寝室隔离；困难学生可免学杂费，伙食费和服装费可向学校借贷；洗澡须前往西机厂浴室；校内设有医务室，聘有理发师。

1948 年 9 月，雍兴高工因故停办。从时间点上推测，此时为解放军西府出击与发动扶眉战役的间隙，在这个时间段内的雍兴史料中也充斥着"紧缩、资遣、裁员、撤离、迁移、恐慌"等词语，学校的教学工作当此形势，想必难以维持。据陕九档案资料显示，1948 年秋，岐山县私立雍兴小学迁入高职校内；1950 年秋，西北军政委员会工业部通知西北人民纺建公司（原雍兴公司）：三厂小学分归各厂自办，腾出校舍扩办高职校。即在此时，高职校依然存在。据曾任雍兴公司总工程师的傅道伸的回忆文章，雍兴高工"在解放后经过改组仍继续招生开学，后来迁至咸阳分别成立咸阳机器工业学校及咸阳纺织工业学校"；陕西省档案馆资料也显示该校"解放后迁至咸阳，拆分为咸阳机器制造工业学校和咸阳纺织工业学校"。迁址的原因，或因面积不敷使用。而老校址直到 1958 年之前，一直是蔡家坡地区群众集会的中心广场。后来西机扩建，职业学校被改建为车间，现在的西机厂区东门就是当年通往陕棉二厂（即陕九）和去蔡镇的大路。20 世纪 80 年代初以前，老校址还曾一度作为粮站和西机的技校。后来，上述两校历经数次更名，与其他中职院校合并、升格，成为陕西工业职业技术学院和陕西纺织服装职业技术学院；2010 年，陕西纺织服装职业技术学院最终又并入陕西工业职业技术学院。窃以为，2017 年时笔者所撰《西机建厂记忆》中的观点是正确的，陕西工业职业技术学院的起源应追溯至 1942 年夏，私立雍兴高级工业职业学校实为陕西工业职业技术学院之前身。当然，资料有限，一家之言，或有谬误，权作钩沉，以期后来。

身处以工业立市的宝鸡，翻开这段历史，那一页页史料的背后，都曾有着一个个鲜活而又大多散佚了姓名的生命，书页无声、山河无言，但隐藏在历史中的温度，可以让我们于静谧之中细细感受。这些温度，再一次印证着笔者一直以来所关注的宝鸡工业文化的厚重。在当时全民抗战的大义面前，工业领域的前辈们虽然没有在充满硝烟的抗战前线浴血奋战，但是他们在祖国的大西部、大西北，在抗战的大后方，用自己的聪明才智和必胜信念，积极参加了经济抗战，客观上书写了发展经济、服务民生的精彩华章！以雍兴、申新等为代表的企业人士，在西部地区极端困难的条件下，筚路蓝缕、兴办实业、救国逐利的同时，又孜孜于现代企业制度在近代中国的实践与探索，实在令人钦佩！

2020 年 10 月 2 日

二十四巷姜马村　唐音察回隐其中

"姜马村子，二十四个烂巷子！"

这是一句流传于姜马村民中，据说是外村人颇具戏谑口吻的俗语，只有以西府方言念之，方能大具韵味。

姜马村，位于宝鸡市陈仓区最东端，东与蔡家坡岐星村相邻，北倚周原，南临渭水，现已并入第六寨村。

相传，周文王时期，文王以梦占卜，率队于渭水之滨访得贤者姜子牙后，邀姜子牙同乘一车巡视渭水左岸，东行至一片滩涂之地时，忽觉舆马迟滞、车轮沉重，竟至寸步难行，随行护卫虽前拉后推，舆马昂首嘶鸣，竟未挪动一步。姜子牙掐指一算，向文王揖道，此乃天意，不如今日就在此扎营，明日启程回转都城。文王欣然允之，于方圆一里半内扎营休息。

文王走后，此地周边的百姓发现，这方圆一里半的荒芜滩涂，竟突然变得水草丰美、鸟兽云集。于是纷纷来此建房耕种，种啥长啥，物阜民丰。此间百姓为纪念姜公与灵马之神迹，便改百家百姓为姜、马二姓，村以姓名，流传至今。

唐朝初年，尉迟敬德受圣命建青峰山行宫，于姜马村西邻建起第六营寨。安史之乱后，关中匪寇横行，第六寨因有堡城、城壕守护，村民尚能自卫。姜马村百户人家缺劳少力，又无甚资财，建不起堡城，眼看危急之时，恰巧有姜姓、马姓两位宫廷乐师自长安避祸至此。冥冥中似有祖先保佑，善良的姜马村民好吃好喝加以款待，并最终接纳了他们。

两位乐师精通阴阳八卦之学，为报答村民活命之恩，遂教村民于方圆一里半的村庄之内仿照八卦阵形，建起了二十四条宽窄、长短不一的巷道。宽者可容两辆马车并行，窄者只容一人通行，巷道间既相通勾连，又错落有致，房舍院墙依巷道而建，形成天然甬道。村民们熟悉巷道分布，自然进出随意；外人来此，如入迷宫，有进无出；歹人无村民引路，只得深陷于此，束手就擒。

走街串巷的货郎，每至姜马，都会一边叫卖，一边问路："姨，这路咋走哩吗？""婆，勿头是个死胡同哩开，咋出去哩吗？""你这是个啥村子吗，烂巷子就多得很吗！""娘娘，头都转晕咧，下次再不到这哒来咧！"……于是，"姜马村子，二十四个烂巷子"这句俗语不胫而走，而姜马村的老人，早已见怪不怪，从容地报之以微笑，坐在门墩上，望着千年来未曾改变过的夕阳，感慨着祖先的智慧。

据说，及至新农村建设统一规划前，这二十四巷依旧得以部分保留。

还是那两位乐师，安定下来之后，他们重新拾起久违的乐器，鼓吹之间，怀念着曾经的大唐盛境与万国衣冠，然而往日的钟鸣鼎

姜马察回传习所排练

食终是不得重现。村民们逐渐被他们庄重华丽、优雅丰满的鼓吹所吸引，一个两个地探头探脑，发展成一群人的围坐倾听。

"这音乐是做甚用的?"一个听了好久的村民突然发问。

"宫廷仪仗出行，或是官府主持取湫等仪式所奏。"

村民们互相看看，有些茫然。

"想学吗?"

围拢的村民们点头。

"好，那就教!"

于是，一段关于传承的故事就此展开。

也不知过了多久，口口相传间，这些流传下来的唐宫遗韵，不可避免地融进了西府地方音乐的特色。朴实的姜马村民们怀着对两位大唐乐师的崇敬，也逐渐形成了只传姜马二姓、传男不传女的规矩，将关于一段音乐的传承，深深地刻印在了姜马人的生命基因中，而这些铿锵有力、刚柔并济的旋律，也融入了姜马人的共同记忆，成为远方游子不经意间即可牵起的一份乡愁。

这些鼓吹乐谱在姜马乐手的代代传承下，一直安静地隐逸于当时只有百十户的小村庄和周边其他的六个自然村，自娱自乐地丰富着村民的文化生活。及至 20 世纪 50 年代，当时的一班乐手因表演新编的西府道情《想念毛主席》而一炮走红，人们发现他们除了道情，还掌握着另一手绝活，只是这绝活的风格实在特殊，不知该归于何门何类。开始，有人称其为"茶会"音乐，因其坐乐时，数人围拢，面前条桌之上摆有茶水，形似开会。20 世纪 80 年代，有专家认为因其属唐代宫廷音乐的特质，在仪仗出行之时有含"察""回"二字的仪仗，命名为"察回音乐"，因其流传于姜马村一带，遂称"姜马察回"。

上文提到，姜马察回只在附近七个村社表演。说起个中缘由，就不得不提到王母会。

农历七月十八，是姜马村一年一度的王母会，庙中供奉一座清光绪三年（1877）由凤翔府刻制的木刻王母塑像。农历七月

陈仓姜马察回乐器（左起）：疙瘩锣、鱼鼓、暴鼓、海锣

十七晚，村民在王母庙对面搭建戏棚，王母庙里灯火辉煌，布置一新，村民们向王母像献袍，即将大红色或金黄色丝布披在王母像上。村民在神像前摆放水果、糕点、馒头等供品。老人在王母像前念唱，不断地有村民进庙里烧香磕头。戏棚里则表演秦腔，村民们搬着小凳子在戏棚前观看。你方唱罢我登场，演唱连绵不断，听得戏棚前的村民如痴如醉。秦腔表演一直要持续到晚上十一点多。农历七月十八清早，王母会当天，居住在村外的亲戚都陆续回来拜访，村子里每家每户都准备丰盛的食品等待着亲朋的到来。晚上，则是由本村察回传承班子演奏的道情与姜马察回乐曲，庙堂里依然热闹，村民们还是准时地前来观看。晚上十点三十分，乐班将表演地点由戏棚转入庙堂内，再次演奏姜马察回乐曲，为期两天的姜马村王母会

才宣告结束。

王母会的另一形式，是七村轮值王母迎神会。姜马及附近的东枸、西枸、六甲、东风、三联、第六寨以三年为一届，联合举办轮值王母迎神会，这是一项盛大的迎神赛社活动。王母的神像在这七个村子之间轮值供奉三年，三年期满后就由一个村子迎送到另一个村子继续供奉。这一活动在过去都是按期举办的，但是"文革"之后一直处于停顿状态。1998 年首次恢复举办时，据说十里八乡的观者近两万人，队首已到东枸，队尾还未出姜马，十里道路，接踵摩肩，场面极其壮观。农历正月初九，姜马察回乐班坐在一辆货运卡车上奏乐，姜马村妇女和青少年组成彩旗队、秧歌锣鼓队一路跟随。队伍中还有象征"王母寝宫""王母行宫"的轿子，彩色龙杖、偃月刀、日月铲、斧钺、画戟、金槊、金瓜锤等三十二支执事仪仗，左右各有一面画有狴犴头像、写着"肃""静"二字的喝道牌。晚上则在目的地庙堂前继续表演秦腔及姜马察回乐曲。

热闹的王母会在 1998 年后，历经十余年的轮值，终于还是因村民与庙管会、村与村之间的矛盾纠纷，在完成一轮之后，偃旗息鼓。姜马察回复归寂寞，除了本村之外，只在个别民俗小镇和上级调研中偶有演出，2015 年，曾登上宝鸡市百姓春晚舞台，演奏了一曲开板曲。

如今，姜马察回已被列为陕西省级非物质文化遗产。其传承面临着乐班成员老龄化、缺乏创新、流传地域狭窄、以实用功

陈仓姜马察回乐器之一：钟鼓

能性为主而缺乏欣赏性等问题。

当地俗语有云："水寨的桥，岐星的路，姜马的花生，第六寨的醋。"是说勤劳的姜马村民为发展副业、增加收入，曾经几乎家家户户炒花生售卖。这个曾经因善出纸扎客、木匠、铁匠、画匠，尤其是出过一位以善打鼓、画庙廊、塑神像著称的"姜师爷"而闻名岐宝凤三县的村子，是否还能有足够的智慧和行动力保护好祖先留下的姜马察回呢？

笔者以为，在新时代的大背景下，姜马察回首先要脱离其在传承中形成的宗教、民间信仰成分，参考槐塬排灯节的模式，将民间信仰活动中的实用功能性，发展成一项固定日期、固定模式、绵延十里的民俗活动中不可或缺的仪式，走出六寨，走向阳平，成为民俗活动爱好者争相前来观赏的民俗表演；其次，作为非遗项目，有关部门要邀请专家，对此项民俗活动如何开展予以策划，对姜马察回的演奏形式予以审美性编排；第三，"内因是变化的根据"，姜马察回乐班成员，尤其是负责人，要具有大公无私的品质、百转千回不畏难的勇气、为传承而积极奔走的行动力和团结带领乐班成员的智慧，避免陷入针头线脑的纷争，要通过自身的努力和积极的发展，动员、教化年轻人，吸收更多的村民加入传承，吸引更多的爱好者给予支持；最后，才是经费保障的问题，没有自身肌体的康健，输再多的血，也只能坐吃山空。

姜马察回，承载着姜

陈仓姜马察回乐器之一：笛子

马人共同的情感和文化记忆；姜马人，因姜马察回的传承具有区别于他人的共同文化行为和凝聚力。愿姜马察回永葆生命力，愿姜马村民富裕安康！

2020 年 1 月 11 日

闲语

冬日漫步长乐园

总有那么几处犄角旮旯，会是你心心念念、心向往之，却长久以来每每都无法走近的地方。

于是会挣扎，于是会遗憾，于是会自己给自己寻找诸多借口。

长乐园今貌一角1

初冬的周六，午后暖阳，空气清透，碧空如洗。

中午加完班，原想着回去吃点儿东西，再睡一觉。可行至小区门口，透射进车窗的一束温暖阳光，刹那间便敲醒了那个沉睡的意念，该去一次了。于是，饿着肚子，一脚油门，车稳稳停在了福新申新大楼前。

这栋砖木结构带地下室的两层"大楼"，于今看来，是无论如何都不能称其为"大"的。从外观的喷涂与塑钢的推拉窗上判断，这里后来应该作为公安局派出所之类使用过，弃用应是最近几年的事。当我来到这里时，楼内已空无一人，楼前大门紧锁，两侧窗户

申福新大楼

破损，左右棕榈灰头土脸地耷拉着叶子，一派萧条之色。暖黄色的阳光直射大楼，静谧，空远，唯有陇海线上列车的呼啸与陈仓峪下腾起的山风一如当初。大楼默默无言矗立，从未计较过它的身躯已布满灰尘，也从未埋怨过那扎眼的涂装很有可能会使它再也无法恢复昔日容颜，只是像卫士一般，瞪起它一双六边形的眼，静静地注视着时间洪流中那些在它面前倏忽而过的光影，只消一眼，便是74年。

薄壳车间

大楼东南侧是福新五厂旧址。当时宝鸡仅有的一家近代机器面粉厂，是位于申新厂区南边，自河南漯河内迁的大新面粉厂，1939年秋开工生产。宝鸡福新面粉厂则是第二家。1939年5月，在陈仓峪西坡挖了几个窑洞，准备将制粉工场设在窑洞内，但没有成功，后来便建了地面厂房，于1941年11月8日开工生产。现存建筑薄壳工场位置曾是一排用以堆放小麦的麦栈。

这排建筑通体黑灰，外立面统一，民国特色鲜明，远望之下，顿生一种历史的穿越感，一个念头随即突然从脑中冒出：如对外立面稍加修饰，这里，可是一条现成的 1941 商业街啊！何必复制出一座连宝鸡的"雞"字都会弄错的火车站？

只可惜它对面的那排输送原粮的麦栈已被拆得七零八落，不然这一街两巷的街区必会更加完整。而曾经的制粉工场也已被拆成了一片空地。已经拆成了这样，那拆就拆吧，把现有的保护利用好，再复制一台平汉 404 火车头，置于数行铁轨间，在这片空地复建起曾经的十里铺火车站如何？这里一墙之隔处，本就是座真实存在过的火车站啊！一声火车汽笛响，数行铁轨向远方，昏黄路灯下的行旅之人，站前广场上的熙来攘往，装载物资支援前方与内迁而来卸下申新 3000 千瓦透平发电机的车厢……当然，还有自河南挑担而来逃荒至此的难民。

宝鸡，一座火车拉来的城市，一座原籍人口仅有 4.6 万余人（1946 年统计，外籍人口为 4.5万）的农业县县城，如果没有陇海线上的列车，哪里能发展这么多的内迁工业？哪里有这么多可资使用的劳动力？哪里能奠定日后工业立市的基础？

小城故事多，充满苦与乐。将这些意象予以展示和纪念，是因为它们属于宝鸡这座城市的共同记忆，尤其因为它们代表着宝鸡工业之肇始、抗战工业之典型、民族工业之根脉。

长乐园今貌一角 2

当申新的纱锭和 3000 千瓦电机迅速运转起来的时候，它不仅直接让本厂生产出大量物资以供军需民用，还带动了这一地区人口的增加和经济的变革。工厂上班时的汽笛，不仅使数千工人整齐划一，还在周边聚集起了一百多家小织布工场和生产合作社，菜市街和西闸口有了商业和服务业。号称"海味斋""京沪饭庄"的大小饭馆开了八九家之多，"明星""白玫瑰"等理发馆陆续开张，十里铺一带有了五家"成衣局"、一家"振兴西服社"、一家邮局……"秦宝工业区"从此闻名全省，国民政府经济部部长翁文灏为申新题词："立秦宝工业之基础，为中国经济之先导"。

拾级而上，蜿蜒的小路尽头豁然开朗，一栋四面圈有围墙的二层建筑格外醒目，荣公馆，也被称为"乐农别墅"，几乎不需要以眼辨识，只需遵从自己的内心，你就会认出这栋长乐园中建设标准最高的核心建筑。

修缮前的乐农别墅

站立于别墅西侧正门的台阶之下，我抬头仰望，窗户与楼顶俱已残破不堪，一束束彩条布从楼顶倒垂而下，随风飘荡，院内杂草丛生，已无半点人气。四下看毕，曾萦绕心头的那个疑问也便忽然消解了——为什么从百度卫星图上会看到一栋屋顶白花花一片的建筑？原来，就是这座别墅，为防雨水侵蚀，在楼顶之上覆盖了一层彩条布，可如今连这一点彩条布也已残破零落。呜呼！彩条布……

默哀吧，不是因为你即将湮没，而是期待你的涅槃！

得益于独特的交通和地理条件，在中华人民共和国成立以前即建厂的这几个老厂中，还有老建筑保留如此之多的，恐怕也就是你们这儿了吧，也算是不幸中的万幸了。长乐园共有申新高级职员住宅八栋，期待有朝一日，违建拆除完毕，你与它们，还有那些中低级职员住宅一道，都能得到加固修缮和良好的保护性开发利用，熬过这个冬季，重获新生！

长乐园今貌一角3

长乐园另一个显著的特色是花草树木繁茂。自1940年2月始，申新及其后来成立的农林股即开始在厂内及周边、山坡、长乐园、背后塬顶植树造林、栽花种草、美化环境，栽植有杨树、柳树、洋槐、梧桐、榆树、合欢、枫树、楸树、楝树、椿树、柿树、木槿、柏树、核桃等多种树木和迎春花、牡丹、石竹、菊花、三色堇、蔷薇、碧桃、梅花、海棠、小叶女贞、丁香、金银花、紫荆等花卉。1941年6月，申新聘用刚从西北农学院园艺系毕业的林兴为农林股股长；1943年1月，又聘用了毕业于河南省立园艺专科学校的汲县人杨五洲为农林股职员；林兴辞职后，1944年3月，聘用毕业于法国公立农业大学的浙江孝丰人蒋宗三为申四总管理处计设组畜牧技师兼宝鸡厂农林股股长；4月，聘毕业于浙江大学附设农药专修班的萧山人俞仲杼为农林股助理员。这几位科班出身的技术人员和几十名河南籍农民，在近 10 年的时间里，用心血和汗水浇灌了申新数百亩土地，使杂草丛生的荒坡上长满了 10 万株以上的树木花草。

长乐园今貌一角 4

长乐园的职员区，曾布置花坛 14 个，栽花万株；在童工宿舍和女工宿舍及工人住宅区栽植草花，以后年年月月都有农林股工人不断栽培、修整。申新全厂，道路旁有行道树，建筑物周围有草坪和花坛，到处如花园，四时有花看。经理、厂长的住宅都派有专门花匠。李国伟住宅的花坛是由王秉忱设计布置的，园中以牡丹为主。1943 年 4 月 28 日，李国伟邀请流落宝鸡的文人名士十数人"雅集"长乐园观赏牡丹。1944 年 4 月 20 日，李国伟又在他的公馆举行"牡丹嘉会"，文牍以上职员被邀观赏。他的牡丹园里有十数株名贵的黑牡丹，购自洛阳。申新各地的外庄及联厂给农林股的园艺师搜求花木珍品以便利条件，从天水采购水仙及荷包牡丹，从成都购得玉兰……1945 年春，由王秉忱设计，在李国伟的宅后建起一座六角亭，周围分别栽植桂花、紫荆、海棠、玉兰和红绿梅花。东北竞存中学、东关小学、西街小学、凤翔师范均有师生先后来厂参观。

就是这样的长乐园，就是这样繁花似锦、绿树成荫的长乐园，就是这样举办过文人雅集、招徕过名师学子的长乐园。

漫步于长乐园，除了静谧便是肃穆，唯有三三两两的流浪狗相伴，偶尔会有小车驶过主街。街边小厦房里的那位老大娘或许还是一如往常，在这个阳光尚好的午后，一个人坐在树下的石凳上晒太阳，回忆、凝望，或者什么都没有去想。乐农别墅东南角的一株树下，清清浅浅汇出两处相连的小水坑，走近之时，忽然咕嘟直响，水面翻腾，寂静的氛围中突然来此一出，惊惧不小，平添了一把冒险的乐趣。细看之下，坑内似无活物，人近则翻，人远则静。难道是人的重量改变了地面的压力？是泉，还是气？

长乐园今貌一角 5

移步前行，眼见那些树冠足以遮天的古树与依稀可辨的花草，虽分布参差不齐，倒也各色谐和、错落有致，那是一种精致的园林景观无法比拟的原始而灵动的美，明明是人工栽植，却不见半点雕琢之气。不念其他，只是游走于这样的树荫之下、芳草之上，怎一个舒畅了得！那些科班出身的前辈，不知费了多大的脑筋，才营造出这样的美，甚或他们根本就没有去刻意设计，只是遵从自己的内心？

最担心的，就是所谓的保护性开发会忽略了这些树与花草，而将其砍伐铲除，反而按照很多人工古镇的套路进行商业开发和园林化的设计，再赋予这种设计一大套的说辞。这样的"古镇"太多了，虽各具少许特色，但不免同质化，更怎能比得上这里的自然天成？在这里依托老建筑建立宝鸡抗战纪念馆和宝鸡工业遗址博物馆及文化创意区，建设养老服务设施，何妨依托这些树木花草营造出一片中小规模的森林公园，用以休闲养心，不需要费劲设计规划，只需要恢复修剪养护即可。

　　感怀长乐园，未来还不可知，但曾经生活在这里的职员都已经真实地离开了，十室九空，老房在一间间地朽烂，一户门前依旧悬挂着的一对灯笼已褪去红装、落满灰尘，唯独他们当年种下的树，已成参天，粗壮倔强，年年如故，证明着这里也曾家长里短地喧嚣过，也曾人来人往地繁荣过。

长乐园今貌一角6

1941 年的初冬，周边的村庄到了夜晚漆黑一片，唯有十里铺各厂灯火通明。从川道向北坡上的长乐园望去，橘红色的灯光星星点点，温暖而祥和。下了班的工人们一路走，一路哼唱着属于他们的歌谣："十一月，雪飞扬，忙把假请上。打了门票出了厂，鸟儿今日展翅膀。腊月过了就过年，受苦一年回家转；过了潼关过洛阳，过了洛阳是家乡。哎呀，是家乡！"

　　2017 年的初冬，我来到这里，并不是一个看客。我是西机与陕九两厂的子弟，1939 年申四副经理章剑慧到宝鸡督促建厂，两手空空，是从雍兴公司束云章的手里首先借到了 150 万元法币的贷款才得以兴工；西北师大是我的母校，长乐园惠工中学 1942 年秋聘江苏无锡人濮源澄为校长，他曾任与西北师大在渊源、师资、基建备份等方面有一定关系的国立西北师范学校总务主任；惠工中学校友、著名国画大师黄胄曾于 1950 年秋至 1954 年兼任西北师范学院（今西北师大）美术系创作课讲师；申新曾从河南鄢陵引进月季花和牡丹植于厂区和长乐园，具体是鄢陵县一个叫作"姚家花园"的地方——这是我从小就经常听母亲提起的一个地名，那是我的母系血脉之地！

　　历史是有温度的，当你在某一个不经意抑或闲适的午后，细细品咂、慢慢回味起那些共同的记忆，丝丝缕缕间总会有那么一根能够牵动你的神经，让你心内一痒，让你热泪盈眶。历史也是有重量的，尤其是那些曾经辉煌过的历史更会显得沉重，因为我们不愿、不忍看到它扛不住时间的考验，而无法永葆荣光，无可挽回地走向没落和衰败，以至于我们会选择逃避，以至于我们的每一次面对，都要鼓足勇气。正如曾将长乐园演绎进《书房沟》的李巨怀老师，曾不止一次地问我："（长乐园）你敢去吗？你就说你敢上去不？"

是啊，所谓无知者方才无畏，当你知道得越多、越清楚，面对它，就会越发显得艰难！

来时的路上，想着如果能遇到几位老者，一定要和他们坐下来聊聊，聊聊过往，聊聊这里的曾经。然而，当一个人在这方远离嚣嚷的天地中游走过之后，一杯苦荞、一根烟，坐在曾经属于申新职员住宅的残砖之上，我沉默良久，不想再打扰这里的任何人、任何物。

"悄悄的，我走了，正如我悄悄的来。"

饥饿在催促我返回，或许，我还会悄悄地再来，带上那张老地图，一次会是在雪天，一次会是在夜晚……

长乐园今貌一角 7

2017 年 12 月 1 日

千年遗迹丈八寺

大约是在 2008 年 "5·12" 前后吧，一则消息不胫而走：西机生产区北门外丈八寺发现北魏石佛窟龛。作为西机的孩子，初听此消息，不觉有些莫名其妙，因为在那条上学的必经之路上，那尊高大的貌似土坯的佛像和众多窟龛里的石佛伴着生产区围墙上"丈八寺滑坡地段，行人注意安全"的刷白标语一直静静地伫立在那里，寒来暑往，注视着从它脚下匆匆走过的工人和孩子，也被工

丈八寺石窟大佛

人和孩子一遍遍地凝视，就是在夏季植物最繁茂的时候也未曾将它们遮蔽，何谈发现?!

据现存《重修丈八寺碑记》记载，丈八寺始建于唐贞观年间。

20世纪40年代，当时的西机建厂时，丈八寺从原址迁出，留下窟龛在此。窟龛群最西边的石窟供奉的是被称为"丈八爷"的大佛，据说当年丈八寺就是因"丈八爷"而建。"丈八爷"石窟有5米多高，"丈八爷"佛像高约4.1米，与"丈八"基本吻合，想来应该是寺庙名称的由来了。大佛左侧有一个小洞，那就是烟道，它与石像后的洞相连。据专家考证说，从前来上香的人非常多，难免烟熏火燎，有了烟道既能保护大佛，又能让上香人免受烟熏之苦。石窟外边遗留的一些小洞和碎砖瓦，是过去搭建石窟檐的遗迹，也起到了保护大佛的作用。

虽然窟龛距今已有1600多年，加之风吹日晒，窟龛中的石雕风化得

西机厂区北门小路

丈八寺石窟浮雕1

非常厉害，但个别窟龛里还能看到雕刻精美、栩栩如生的人物与动物造型的雕像。一处石窟中就发现了一只猫型的石雕，这只猫有凸凸的眼睛、胖胖的身体和可爱的尾巴，呈现蹲坐姿态，一只前爪放在地上，另一只爪子似乎在向人招手，像极了现今的"招财猫"。据说禅宗里有时以猫来比喻对佛法茫然无知的人，也以"依样画猫儿"来代表只注重仿效外相，却无法掌握精髓的人。这或许能解释猫雕像为何会出现在北魏窟龛群里。

有专家认为，北魏窟龛群雕刻石质系钙质熔岩，虽然容易雕刻，但比较粗糙，纹理间孔隙太多，实质密度小不够坚硬，用它雕刻佛像难以抵御自然的剥蚀，所以现在看到的佛像，身上"千疮百孔"，基本"面目全非"了。但从另一个角度来说，这个窟龛群是在关中川道的钙质熔岩上雕刻得非常有代表性的石刻造像，它有着重要的历史意义和保护价值，也填补了窟龛在关中地区的空白。

据老人们讲，20世纪50年代末，寺院还有残缺的围墙，两处破败的庙宇，不时有虔诚的香客祈拜。大寺门前有一口井，西侧住着一位道长；寺里的佛龛供着一尊流金弥勒佛，1965年一个中午，被一个绰号叫"老虎"的人给捅下来摔得粉碎，撒了一地不知什么年代的铜钱，被大伙一抢而光。大寺东侧10米的地方有座小寺，就是现在能看到的那尊佛像，20世纪60年代初还有色彩，1966年破"四旧"时被砸掉了佛头，70年代被人用泥糊上了缺失的头部。山上也有一处寺院，好几处精美的壁画，有的慈眉善目，有的青面獠牙，时有上香求子和祈求平安的妇人，该寺院曾经是薛家村孩子的学校，后被西机改为半工半读学校。

如此重要的历史遗迹，就连凤凰卫视也在《重走西游丝绸之路》中进行过专题报道，并拍摄了专题片。可是，我们就生活在它的身边，及至外出求学，又回来工作，为什么那么长时间以来我们对它的前世今生茫然无知？

丈八寺石窟浮雕2

记忆里，大佛的上面有一方不小的平台，挖掘有众多的防空洞群，那里也是胆大的孩子们暑假里探险的绝佳去处，最经济和普遍的做法是"偷走"家里的蜡烛和火柴进洞。也有调皮的孩子会搜集来一大捆扫帚把子挨个点燃，可想而知，进去后没多久就会被烟熏火燎着嘻嘻哈哈跑出洞来，像极了《西游记》里小妖扎堆出洞的情节。如果你能从家里偷拿出手电筒来，你一定会被当作探险队的队长；如果你能把当时刚刚流行起来的应急灯带来，日光灯管发出的明亮光线顿时就会让你被其他孩子奉若神明、紧紧跟随。满地大土块的乱石滩、几乎直上直下的天梯、既长且始终不敢走到尽头的黑洞、墙壁上挂满水珠地面松软的蝙蝠洞……这些也不知道是谁命名的洞穴，只要有了应急灯，就没什么闯不进去的地方。虽然家长们知道后都一再警告我们不要去，害怕塌方，也有锻炼路过的退休工人来驱赶我们，但好像那时的我们就不知道"害怕"二字怎么写，现在想来，多亏了当初挖洞前辈的好手艺。

防空洞的上面，是一片更大的平台，平台的南缘处有一棵歪脖子的松树或是柏树，根须紧紧抓住岩面，看起来遒劲而苍凉。这里是周边的制高点，没有电线干扰，是个放风筝的好地方。记得厂

丈八寺石窟上方防空洞

里好像还多次组织过登山比赛，终点就是这里。每次父亲和我从那里下来，都会领着我去看看那些佛像，小时候的记忆里，大佛还是有鼻子的，个别最东边的石龛里还能看见彩绘，有一处低于地面的洞穴里还有一尊卧佛，要俯下身子探头观看。而那棵歪脖树上，曾经还悬挂着一口硕大的铜钟或是铁钟。有人说，钟是从古代流传下的，也有说是20世纪60年代从诸葛亮庙拉回来挂上的，还有说是西机自己铸造的，总之当年战备防空时，是为了敲响能让周边都听到，同时期还挖了许多防空洞。后来，这口钟在20世纪80年代中后期悄无声息地丢失了。

还有一则在西机广为流行的传说，我是从父亲口里听说的。丈八寺坡上有个黑风洞，父亲还带我在东边一处坡面上找到过一个深深的洞口，洞口处能感觉到从地下冒出的阵阵凉风。"这个就是了。"父亲笑着指给我看。传说这里的黑风洞，就是《西游记》中唐僧取经路过并降伏黑熊怪的地方，而《西游记》中那个贪恋锦襕袈裟的老住持所在的观音禅院就是以丈八寺为原型的。当然，我无从考证，但西机的孩子多少都会听到过类似的传说。有人说，此洞深30多里，与周公庙相通；也有人说，那个洞能站人的地方不到20米，后

面就是更小的洞，只能单人爬进，不能转身，人爬着爬着就没法再向前，就是个普通的溶洞。父亲还说，蔡家坡塬坡上还有许多古迹，东边现在殡仪馆的位置，就是三国古战场的三刀岭，是司马懿"劈石留痕"的地方，岭上就是司马懿的点将台，而渭河的对岸，就是诸葛陈兵的五丈原。

丈八寺石窟1

关于这个地方，笔者儿时还做过一个梦，并迷失在了梦中。

南侧的崖面上雕刻着精美的造像，"丈八佛"慈祥地注视着山下的村庄，山脚下一座简朴的小庙守护着身后的大佛，村庄里飘起缕缕炊烟。西侧的坡面划出一道优美的弧线，向着远方延伸，坡脚下一座茅屋，几群鸡鸭，柴门边上一只黄狗正在酣睡，茅屋的周围是一片小树林，晨光透过薄雾穿过一片片树叶，给每一片叶子都镶上了一圈金边。

丈八寺石窟2

一眼泉水自坡面的北侧向南缓缓流淌，粼粼的水波跳跃着温暖的阳光，带起层层轻薄的水汽，就这样一涌千年……

后来，在一位醉心于西府民俗文化的

长者潜移默化的影响下，我才渐渐想通最初的那个问题。

那些大大小小的各类自然山水，总是要留下些各个时代的文化和文人的脚印，才能将自然山水融合为一种人文山水，这是中国历史文化的悠久魅力造成的。只有来那么一两个有悟性的文人，站在这些古人站过的土地上，用与先辈差不多的黑眼珠打量着千年来或多或少有所变化的自然景观，静听着与千百年前没有多少差异的风声鸟声，这山重水复、莽莽苍苍的自然景观才能将封存久远的文化内涵哗的一声奔泻而出。文人本也萎靡柔弱，只要被这种奔泻所裹卷，倒也能吞吐千年，结果，就在这看似平常的伫立瞬间，人、历史、自然混沌地交融在一起，文化人的发现也就充满了力量，把普通变为不普通。

既然"发现"了，就好好地保护起来吧，1600 年的时光和风烟，谈何容易?!

2016 年 2 月 1 日

怀念老龙池

西机厂区东门旧貌

西机四村北涵洞旧貌

如果你是西机的孩子，应该都还记得那个地方——爬上四村的大坡（尽管现在看起来是那么矮），一直往北，穿过时常被砸破的界墙，或是沿着砖砌的台阶穿过黑黢黢的涵洞，就到了弥漫着泥土芬芳的另一方天地——一个三面临崖的小盆地，我们都叫它"老龙池"。这方小小的天地，不知留下了多少西机孩子有关假期的童年记忆。

"东龙泉，西龙泉，中间住的是神仙"，东龙泉即老龙池，西龙泉即书房沟龙泉寺边的泉眼。老龙池的得名源于一个传说。相传很久以前，此地农田龟裂、井水干涸，百姓生活悲惨，老龙王路过，心生怜悯，甩下一滴水而去，水滴落处遂成一眼清泉。明朝时，为祭拜方便，村民在泉眼处以骏黑的石条砌成水池，又在北面土崖下盖起白云寺，在东边土崖上开挖洞窟，一时香火极盛。水池呈八角形，对角约丈五长，每角有根石柱，柱顶雕有瑞兽，石柱间以青石板相连，石板上方横压雕有各种花纹的细长石条，围成八角石栏。水池正南石栏下，有一石雕龙首，龙首上仰，龙嘴大张，泉水从龙嘴内吐出，跌落在正前方一方形石斗中，溢出后涌向东边，顺渠南流。后来，白云寺被拆，洞窟因滑坡坍塌。20世纪50年代，因兴修宝鸡峡引渭渠时需挖渠倒土，为保住泉水，施工队便在水池上砌起涵洞，让泉水从涵洞内流出。而老龙池原有的石板石条便被拆毁。

我们这些孩子之所以能找到那片对当时只有十岁左右的我们来说已经非常遥远、已出了西机厂界的地方，印象中源于一位很爱在体育课上教我们跳交谊舞的付老师的带领。他带着我们爬上四村的大坡，站在坡顶指向南边的秦岭，告诉我们：看，那就是"太白积雪六月天"。这句俗语，想来就是第一次在这样的场合下听说并牢牢钉在了记忆的深处。现在回想，估计我们的父辈们也曾经在那里愉快地玩耍过吧。

西机子校至四村路旧貌

工作以后，才慢慢听说，老龙池所在的地方中华人民共和国成立前曾是冯玉祥部第二十九军的一个留守处。"卢沟桥事变"爆发时，二十九军将士在卢沟桥抵抗日军，后来，由于蒋介石采取"攘外必先安内"的不抵抗政策，二十九军的许多将领来到了蔡家坡，名曰让这些将领留守休息，实则排除军内异己。抗日战争的第一战"喜峰口战役"，就是由这支部队打响的，后来以这一战役为背景创作的《大刀进行曲》广为传诵。1940 年 4 月 5 日，原二十九军军长宋哲元在四川绵阳病逝，留守军官因路途遥远、交通不便，遂商议，在留守处修建起了衣冠冢和纪念亭。纪念亭的四壁上镶嵌着四块石碑，分别有亡人的身份、落款，亡人的生平，国民政府的追认令，捐款人的姓名和建亭缘由。衣冠冢旁还有两间拱形的房子，是供守冢人居住的。只是当我们这一辈在那里玩耍时，似乎再也没有人发现过衣冠冢的痕迹了。再后来，听说那里又重修了碑亭，将发现的衣冠冢石碑立在了亭前。

在亭子重修以前的童年时光里，那里是我们周末和暑假必去的"秘密地"。约上三五好友，一路向北，清潭和溪水在呼唤着我们，几排池子里的蝌蚪在等待着我们，总之可以开发的玩法有很多。

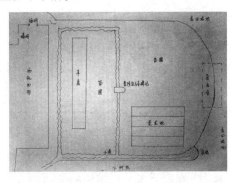

老龙池旧貌平面图

春天的时候，池塘里面鲜嫩的水草开始拔节，因为去的天时不同，可以捞起一串串晶莹剔透的青蛙卵，可以捉蝌蚪，可以逮还留着小小尾巴的青蛙，时不时也会有一只硕大的癞蛤蟆突然冲出水面，惊得围拢在一起的伙伴们四散奔逃，一脚踩空掉入池塘的有之，慌不择路踩入溪沟的有之，湿漉漉地回去，被家长一顿训是少不了的。捉回去的无论是卵，还是蝌蚪、小青蛙，都保存在玻璃罐头瓶或高橙瓶中，鲜有养活的，也因此，曾在思想品德课上讲到爱护动物和益虫时，遭遇同学们之间的口诛笔伐，令班主任匆匆间难以评判。

崖坡上的麦田也是个好去处，几个人围一堆，可以打牌，可以聊天，可以发呆，可以放风筝，可以顺着麦田打滚，甚至可以有现在景点很流行的项目——滑草，只是我们叫"滑麦苗"。有好事的同学会跑来劝说，"粒粒皆辛苦"，也有同学反驳说，听家长说这时候的麦苗就是要踩，踩了长得才更旺盛。呵呵，这场辩论没什么结果，直到工作后站在"三夏"的地头，还在想向忙碌的老农请教一二，但终未好意思开口。

暑假对于那时的我们总是充满无尽的欢乐，不像现在的孩子被各种各样的补课班填满。家长们上班一走，伴着广播里传出的"雄伟的西北机器厂矗立在中原大地上"的"拉尾"声，那些没被反锁在家里的孩子一窝蜂地跑了出来，电影院后院的铁皮箱、大操场、灯光球场、西门口、俱乐部门口都是我们的集结地，晚上还会拿着手电筒去异味弥漫的单身宿舍楼前的树下捉知了，当然还有老龙池。

老龙池泉眼涵洞

老龙池的夏季无论阳光如何耀眼，似乎都不曾有一丝暑热，因为那里有一渠清清的泉水，日复一日，以几乎恒定的水量流淌着。拱形的涵洞口凉意习习，其下汇成一汪清潭，清泉漫溢又形成一道清浅的小溪环绕着盆地中央的苗圃和菜地。据说后来有专家说这泉水富硒富锶，水质澄澈甘甜，是天然的饮用矿泉水，于是西机厂还专门在这里埋了条管道引向老礼堂，并改建了个矿泉水厂，只是后来没什么市场，草草关停了。

那时的我们最爱做的事之一，就是用手捧起清凉的溪水，擦洗一块横卧着被当作渠面的"石板"，因为我们无意中发现这"石板"上有字。很显然，这件事我也做过，并且有一次在我和几位小伙伴一起擦洗时，有位长者一直站在旁边端详。后来，北面的崖面开始大兴土木，生生挖出一个豁口，盖起了一栋三间平房的寺庙，名曰"白云寺"。新庙"开张"的庙会上，我也去了，功德箱里留下了我辛苦攒下的五元零花钱，因为我始终觉得，很可能就是那位长者促成了新庙的修建。而那块被我们擦洗过的"石板"——《重修白云寺碑记》的碑就立在了庙门口。多年以后，引同事故地重游，方才仔细观看了那块刻有白云寺形胜的碑文，弄清了这块碑的年代——清嘉庆二十一年岁次四月。

拜营建白云寺所赐，我们又发现了一种新的玩法：挖何首乌。挖断的崖面下滚落出无数的何首乌，大人们纷纷去捡了回来，而那段时期正是电视剧《八仙过海》和《新白娘子传奇》播出前后，张果老逮住千年何首乌精并烹吃成仙的故事给了我们无尽的想象空间。于是，拿上小铲、提兜，要么约上伙伴，要么拽上父亲，一路小跑奔赴崖面下开挖。何首乌藏得很深，并且冒出地面的枝条往往和根茎不在一条线上，顺着枝条往下挖，会挖出又大又深的土坑，这或许就是人们总说何首乌会跑的原因吧。大大的土坑破坏了崖面的平衡，坡上的土会连同麦苗一起滑下来，所以挖宝的同时还要惶恐不安地提防着附近的农人前来咒骂、驱赶，一块何首乌挖到手，也确实惊心动魄。如果不幸屡遭驱赶，我们还会去拔大蓟、摘桑叶，说是把这些药材拿回去卖给药店换零花钱，但最终弄回去的何首乌都被父亲泡了酒，而桑叶和大蓟都被当作垃圾一扔了之。也曾突发奇想按照医书上的方法和于兄制作蜜炙桑叶，因为觉得炙桑叶可以卖更多的钱，于是很轻易地浪费了于兄家里半瓶子的蜂蜜，于叔回来后黑着脸把我们一顿狠训。慢慢地，新鲜劲儿过去了，也就没有孩子再去挖宝了。

秋天能干的事貌似就比较少了，最有意思的或许就是爬到坡顶边缘处去摘酸枣。男孩子和胆大的女孩子不顾手背拉出的一道道血

老龙池畔

口子，把红红的酸枣装满口袋，然后塞进嘴里，眯起眼睛，咀嚼着、品咂着酸味十足的薄薄的枣皮。枣核也是有用的，随着一句"图吧黑尔"，将圆圆的枣核互相追逐着喷吐出来。

冬天的时候，孩子们都在忙着等待过年，已经鲜有人去老龙池了。

前些日子，有朋友说要去蔡家坡零胡村吃饭，几经描述，地点竟然就在老龙池！只是，这里早已没有了记忆中的样子，代之的是某山村庄园，虽然遗憾，倒也别致。

与其让这里依然保持着记忆中的模样，我宁愿看到我的家乡一点点地进步和发展，看到乡人们一点点地富足。因为那里有着我们生命之初的 DNA，有着我们回不去的青春记忆，有着我们与这方土地早已融为一体的先人魂魄。

越深入这片土地，越会眷恋这方故土，青春能与故乡同成长也是一番幸事了！

2016 年 1 月 22 日

好一声蝉鸣

这是关中夏季里最热的几天，阳光火辣蜇人，没有几个人愿意在这样的阳光下行走在没有树荫遮蔽的水泥路面上，连生命力顽强的虫子也不例外。午后，在小区晒得滚烫的地面上，

西机新一村

我发现了已经奄奄一息的金龟子和花天牛哥俩。就在我注视着这充满童真回忆的虫子时，冷不丁传来一声蝉鸣：知了——知了——

嚯，好一声蝉鸣！

起身的瞬间，眼前便突然清凉了起来。是哪里呢？是林荫下泉水潺潺的老龙池？是平房头前的雪松和海棠？是缭绕着怪味的单身宿舍旁的小片杨树林？还是大小操场周边密布蚊虫的林荫？还是电影院内的石榴树下？抑或是独坐窗前伴着蝉声沙沙作响的作业本？

循着蝉鸣，不自觉地就走入了隔壁厂子的七号家属区，高耸的杨树、浓密的树荫、斑驳的小楼、低矮的煤棚、树荫下的牌摊、摇着大蒲扇的老人……这里一切的绿植都显得那么自然，没有人为的刻意修剪，没有矫揉造作，这里分明还残留着童年的印象光影。当然，还有那挥之不去的声声蝉鸣……

　　知了——知了——

　　知了声声地叫着夏天。二十年的时光，早就物是人非了，可眼前的清凉，就那么真切地旋转在身旁。

西机三村单身宿舍旧貌

　　夏夜，小伙伴们再也不会在平房间的马路上玩写王字、捉迷藏、跳房子。沙包、画片、弹子、竹蜻蜓，哪怕是变形金刚，都会无人问津，所有的玩具都抵不过家中的手电。

　　于是，跟着邻家的哥哥，或是跟着父亲，房前屋后的树下，手电的光圈密集地扫射着树干和土地上开裂的小口。我们要寻找的，就是在黑暗中苦苦等待千日，即将历经涅槃之痛，只为修得几十天短暂光明，并带给我们无尽欢乐的蝉。

　　伏低身段细看，地上的小口就如虚掩着的门，拿小棍轻轻挑起薄薄的一层，就会出现拇指粗细的深洞，手电一照，两只大眼隐现光芒。怎么弄出来呢？小棍伸进洞内撩拨是首选，却是最不管用的办法；用铲子挖是不太明智的，会掩盖洞体、伤及蝉身；最好的办法是放水淹，自来水龙头是比较好找的，跑过去，含口水奔回来，喷进去，或是自带一高橙瓶子水，然后趴在洞边静静地守着，蝉多半会冒着泡自行爬出。也有性急的男娃子，照着洞口撒泡尿，那准头，没得说……之后，就没有之后了，小伙伴们一哄而散，管它出不出。

捉知了之前，没人会细想捉住之后怎么办。只有在捉的时候，才会七嘴八舌地议论，想要养着观察的有，准备把成虫拴根绳提溜着玩的有，想要蝉蜕的有，更多的是在讨论如何吃掉最香，油炸、烧

西机大食堂一带旧貌

烤、泥焖等，反正少不了孜然、辣椒和盐。而语文老师关于蝉之精神的教导，早就被抛到了九霄云外。

泥焖的蝉由于看起来过于鲜活，少了几分酥脆，少有人尝试。大人们多是舍不得让我们用油去炸的。所以，树林下的骚动过后，野地里就会生起一堆堆的炊烟。三样最基本的味道，烟熏火燎下的酥脆和软糯，大快朵颐的笑脸，就会成为一夜辛勤最好的回报，哪会管有多少蚊子的骚扰。

除了舌尖上的记忆，蝉，还会带给我们一些小小的麻烦，比如，关于它的生活习性的说明文，关于它引申精神的议论文，关于它捕捉经历的记叙文，无论日记还是作文，都不会少了对它的赞美。

知了——知了——

知了依旧在声声地叫着夏天。只是，十年以前的那个夏天，接连的几场大雨，将暑气一扫而光，知了叫着叫着，就没有了声息。

夏日鸣蝉

此时，当我们搬进一座座或大或小的城市，住进一片片水泥铸就的森林，我们再也不易听到那一声声清脆的蝉鸣，我们的孩子再也不能一如当初的我们，牵起父亲的手，骄傲地望着父亲高大的身影，走入盛产着童趣和美味的小树林。

此刻，又是一声蝉鸣，蝉虫撕裂痛苦，破壳羽化，飞入云霄晴空，天边是彤红的火烧云。我将双手并拢，放于胸前，念一声禅语，祈求一场雨的到来，滋润生命的觉醒，与夏天同行。

夏之夜，最迷人之处，莫过于月朗星稀下的徐徐清风。当这声蝉鸣渐渐安静，我看到，每一曲蝉鸣，就是一首童年欢乐的歌，它牵动我们蹒跚的脚步，不停地向着前方奔跑，身后留下大大小小的脚印，一曲一弯；我相信，每一曲蝉鸣，就是一个童年迷离的梦，它牵动我们跳动的思绪，不停地采撷身边的五彩斑斓，身后留下茌苒岁月的朵朵浪花，一跃一闪；我记得，每一曲蝉鸣，就是一个美丽的相约，它牵动我们闪动的心灵，梦回唐朝，耳边留下虞世南的谆谆教诲，一岁一年。

> 垂緌饮清露，
> 流响出疏桐。
> 居高声自远，
> 非是藉秋风。

2016 年 7 月 18 日

记忆中的夏天与自行车驮回家的西瓜

午后的一个路口，阳光火辣辣地直射下来，蓝色天空中一朵硕大的白云，不偏不倚在这里洒下自己的背影。路边的梧桐树下，一辆鲜红的三轮车车厢内，高高地堆着一摞翠绿的大西瓜，卖瓜人慵懒地守在这个路口，自顾自刷着手机……

午后的这个路口，除了偶尔呼啸而过的汽车，似乎安静得出奇，就算是蝉鸣也听不到一声，手机里不时刷出的视频背景音乐，便随着热浪肆无忌惮地四下漫溢，直到一首《渡情》的旋律忽然撞响了记忆中的那个夏天……

那年夏天，我们还住在厂里的平房，就是现在以成片的形式出现会被称为"棚户区"的那种平房。主房前是一条两米来宽或一米多宽的过道，对面是用来做厨房和堆放杂物的煤棚，一排一排整齐地延伸成片。过道宽的，煤棚前还能有一方空地，有人用来种花种菜种葡萄种葫芦，有人支起石桌石凳。主房的格局有大有小，对应的煤棚也有大有小，煤棚大的，也被人们用来解决家里紧张的住宿，或是拉一张大塑料布，装个水箱、花洒，改造成简易的洗澡间——液化气灶烧热了水，踩在高凳子上，把水灌入水箱，脚下放一个一米直径的大盆——就这样来解决夏季一个个夜晚的冲凉。

那年夏天，本地的西瓜哪有现在这般大？瓜摊哪有现在这般多？农人们戴着草帽、挽着裤脚，用架子车将自家地里的西瓜拉到厂南门口，挽起衣袖便开始叫卖："保熟保甜，不熟不甜不要钱！"瓜摊支起，得到消息的工人们便三三两两推着自家的自行车、带上蛇皮袋，围拢在了仅有的几处瓜摊前。左手托起西瓜，右手轻叩，侧耳倾听，听那"咚咚咚"的清脆声音。挑下的瓜，要迅速划拉进自家的蛇皮袋，以防被他人顺走。袋子装满了瓜，扎紧袋口，大号的杆秤便上了场，秤钩"噗"一声刺破袋子，讨价还价的烟火气息就开场了。

那年夏天，西瓜不像现在这样绝大多数情况下都能又熟又甜。挑瓜确是一项技术活，憨厚的父亲哪年不会装一两个生瓜蛋子回来？跟在父亲身后，扶着自行车后座的一袋西瓜，兴高采烈地回到家。门前石桌放上案板，无论谁家拉回来的瓜，第一个切开的，总会唤来邻居们热热闹闹地一起吃，一边吃一边七嘴八舌地品评着瓜的滋味。大伙吃完了瓜，有人帮着收拾，有人帮着把剩下的瓜搬进房内，大人小孩一水儿地开心，炎热的暑气瞬间便消了一半。

那年夏天，买瓜是需要碰运气的，不是每天都会遇见，于是买瓜就好像进入盛夏时节的一个仪式，需要像采购年货一样攒在家里；那年夏天，本地的瓜多数来自第六寨，大荔产的椭圆形又硕大的瓜更是可遇不可求的，孩子们总是混淆不清地念叨着"滴溜寨"，也总是以为那壮硕的大瓜来自遥远的"大理"。

那年夏夜，我们冲完凉，打开电风扇，在房中的地面上铺上凉席，端着西瓜守在电视前。一切的准备工作，就是为了能好好追剧——《新白娘子传奇》和《八仙过海》。每当主题曲响起，各家的电视都传出同一种声音，那种音效回荡在记忆中，恰似现场沉浸的立体声。《千年等一回》《渡情》耳熟能详，《八仙过海》那仙气飘飘的粤语主题曲也同样深深铭刻在记忆的深处，一旦撩拨，便仿佛倏忽间换了时空，身在当年：

仙山隔云海，霞岭玉带连
据说世外有天仙
天仙休羡慕，世人刻苦干
何难亦有欢乐园
有志能自勉，艰辛不用怨
奋斗留汗血，得失笑傲然
但求为世上更添温暖
尽发一分光，尽取一分暖
困扰无愁虑，努力谋实践
日日度过开心快乐年
玉楼仙宫金堆玉砌
俗世比仙境，也不差一线

当房中的西瓜不再添购，越来越少时，夏天就快要过去了，我们的暑假也就快要结束了。写字台上一牙牙的西瓜和一沓沓的暑假作业就成了那年夏天记忆的尾声。

夏天依旧年年都会到来，西瓜每年夏天都会如期而至，已过去了的那段时间却再也不会回来，记忆中的那些人、儿时的伙伴终究还是渐行渐远……

那些久远的人和事，似乎会越来越模糊，但记忆就是如此神奇，当你开始想念，一切的一切又突然开始无比清晰起来。就如此时，当我想起那年夏天的西瓜，我也想起了那年夏天里吃西瓜的人……

生如夏花！

2021 年 7 月 6 日

正月十五的灯

正月里，正月正，正月十五闹花灯。

灯笼会，灯笼会，灯笼灭了回家睡。

当这首童谣开始萦绕在耳际时，窗外的鞭炮声、锣鼓声也一阵紧似一阵，没错，是有礼村的"棒棒鼓"，比起欢庆锣鼓的欢快热烈、喜气洋洋，这通棒棒鼓鼓点密集、沉郁稳重，加之令旗的指挥、队列的变化，不禁让人心头一震，这分明就是从古代行军布阵时的战鼓演变而来的啊！

鼓声渐远，思绪渐近。多年以前，因着子校的自主权，寒假总能在元宵节后才结束，正月十五前后

可拖拽的公鸡灯

的傍晚，便成了孩子们最愉快的一段寒假时光。

呼朋引伴，三五成群，插上小小的红烛，挑上各自的灯笼，游走在生活区的大街小巷，乐此不疲。没有家长的陪同，反正到处是熟人，孩子们也从不会走出生活区的大门，偶尔几个因孩子出来太久找不到而焦急的家长，自会去寻广播站，于是，一段音乐过后，全厂的广播里都会传出："现在播送广播找人，广播找人……"

那时的灯笼，普遍是以彩纸糊成，有从下往上提拉的筒形灯，有从两边向上合拢的瓜形灯，更漂亮的是以竹篾做骨架糊成的荷花灯，更高级的是底板上安上四个小木轮可以拉着走的禽形灯，而最容易被燎着的也非这些可以拉着走的灯笼莫属了，因为拉在身后缺少照看而容易自行倒掉或被一脚踹翻。

还有一种是男孩子们的最爱，纯手工制作的茶缸探照灯。一个大些的废旧茶缸，横过来在缸壁上焊上蜡烛，提上缸把，光线就有了方向性，平房间的小巷里，哪里越黑哪里就会越多地聚集这种灯。

孩子们论堆聚在各处，毫无目的地四处逛，互相扯着压岁钱的多少、寒假作业的剩余、新衣服的由来，当然还有口袋里攒下了多少各式喔喔佳佳的糖纸，兴奋、喜悦之情在分享中互相传染。

那时厂里还会办灯展，无论是厂部、工会还是各车间，都有自己职工齐心扎制出的各式大型花灯，悟空、游龙、大鼓、

西机灯展旧貌一角

火箭、走马灯、灯笼墙……红彤彤、金灿灿的一条光带，夹杂着来往穿梭其间的一个个小光点儿，围着大操场足足绕出半圈，这里也就成了孩子和工人们在十五前后每晚必去的地方。一个灯一个灯地欣赏，互相评论着哪家车间的花灯制作得更好，熟悉的人们和挑着灯笼的孩子在这样的场合相遇，仍旧有着说不完的新鲜话。只可惜这样的盛况以及在大操场几无立足之地的焰火晚会，只持续了三两个元宵节，之后便一年不如一年，直至仅比别处更多挂几盏灯而已了。

那时经常会停电，蜡烛虽已算不得稀缺，但终究无法任意挥霍。夜色渐深，当口袋里包着的红烛已所剩无几时，调皮的孩子会互相追逐着吹灭别人的灯笼，男孩子们还会趴在随处都有的自来水管上含一口凉水，互相喷向茶缸里只剩一摊可怜的蜡油的烛火。暗夜里，各式灯笼的烛光随着孩子们的跑动，摇摆着恍惚明灭，那首童谣就唱了起来，"灯笼灭了回家睡"。

除了灯，自然还少不了社火。三个大厂的职工、家属、孩子都会各自组织起彩旗、锣鼓、大头娃、舞狮、舞龙、高跷、旱船、秧歌、腰鼓等各式方阵，排成长长的近千人的社火队伍，先在自己的厂内游演，再聚合到一起走上镇子的主街。四面八方的人们在大铙和鼓声的召唤下聚集而来，黑压压铺满街道，有看完一遍还意犹未尽的人会追着社火队伍跑出整条街道。如今的镇上，早已不见如此壮观的社火队伍了。

今天，手工扎制的灯笼已很难在市场上看到了，孩子们在父母的陪伴下挑着一杆孤零零的彩灯在夜里晃来晃去，而那些扎灯笼的手艺人，如今也不知去向了何方。市场上挂满的是工业流水线上生产出的各式塑料彩灯玩具，绚烂的声光和动态效果已非蜡烛和彩纸可比。在欣喜于现今的孩子们能够享受社会经济发展带来的崭新玩具时，也为再也看不到孩子们扎堆闹花灯的嬉闹而感慨。

但愿孩子们的父母都能教会自己的孩子宽容和分享，毕竟孩子只有和小伙伴们在一起愉快地玩耍，才会体验到真正的快乐。能有什么会比儿时与小伙伴们一起游戏时收获的情感和记忆更为重要？

2016 年 2 月 19 日

奇怪的方便面

真的很奇怪，到底什么是"方便面"？

我先去查了百度，百度告诉我说，方便面又称快餐面、泡面、杯面、快熟面、速食面、即食面，香港则称之为公仔面，是通过对切丝出来的面条进行蒸煮、油炸，让面条形状固定，食用前以开水冲泡，溶解调味料，在短时间内便可食用的即食方便食品。

礼泉烙面

从字面上理解，简单地说，就是快、方便、即食，那它的功能或是用途也就一目了然了吧。

要是认真地论起来，方便面的雏形相传早在周武王伐纣时期就出现了，那就是礼泉烙面。也有传说是汉初韩信在合阳攻打西魏王魏豹时发明的，叫作合阳䇹（xué）面，有的人写成"旋面"，是因为合阳方言的发音。不管到底是哪种，两个地方的面虽在配料、做法上略有不同，但都有三个共同点：起源于关中；都是军粮，快速、方便；基本的做法是面打糊，摊烙成薄饼或是蒸成八成熟的大面饼，晾干，切丝，热汤、底搭菜浇上即食。或许古时将面条称作"汤饼"，就是因为这样的做法。

而油炸的形式，相传来自清代书法家、以"廉吏善政"著称的伊秉绶。一日，他为自己母亲祝寿，客多，厨师手忙脚乱下误将煮熟的鸡蛋面放入沸油锅，只好捞起后佐以高汤上桌，宾客吃过后赞不绝口，是为"伊面"。

现在，当一碗烙面或是伊面再次端在你的面前，除了美味，你能感受到的，似乎还有历史、文化、情怀……

意外的是，方便面成为现代的速食产品，却是由1958年中国台湾裔日本人安藤百福有鉴于当时吃一碗拉面要排队很久，在大阪府池田市发明的。安藤百福在发明方便面后，创立日清食品公司，贩售"鸡汤拉面"。这么有历史、有文化、有情怀还美味的一种中华美食，在当代就是这样诞生的。此怪一。

中国大陆的方便面生产，一般认为始于1964年北京食品总厂，以手工操作、鸭油油炸。1970年，上海益民四厂用自己研制的设备生产出了第一袋油炸方便面，标志着中国方便面产业正式起步。进入20世纪80年代，北京、上海的一些厂家开始引进日本设备生产方便面，并出现了碗装的形式。

方便面刚刚进入市场时，人们对它的认知度很低，利润微薄、销量很少。市场零售价据说一百克的要两毛五分钱，还需加收二两粮票，那时人们生活水平普遍较低，谁没事会拿粮票去换方便面吃？那时的方便面就好似"奢侈品"，但它偏偏就要在它的起源地用进口的设备挤着刷出一抹存在感。此怪二。

进入20世纪90年代，不知其他地区如何，宝鸡人恐怕会对两个品牌记忆犹新。较早些的应该是在蔡家坡零胡建厂的华丰牌三鲜伊面吧，"食华丰、路路通"的海报曾经贴满大街小巷，各种印有"肥肥"沈殿霞的宣传品也成了班里孩子们最抢手的玩意儿。后来有了在虢镇东门建厂的熊毅武牌方便面，推出的双面饼系列很受大众尤其是孩子们的欢迎。

那时一袋方便面好像是五毛钱左右，一碗面皮的价格。大人们会用自行车从华丰厂门对面的批零部里一箱接着一箱地驮回来，孩子们泡着吃的概率是较小的，多数会把一整袋方便面平放在课桌上用拳头砸碎，然后拆开洒上调料干吃。自从有了方便面，曾经流行一时的以自家辣椒面儿、盐、味精调拌而成的"长生不老药"就没有人吃了，加上醋后搅和成的也不行。后来厂家适时地推出了小袋干脆面，还附赠各式卡片、插片，可玩可收集，那更是完爆锅巴、虾条等零食，用人手一袋来形容绝对不会过分。

再后来，华丰推出了为中央电视台特制的系列方便面，开启了排骨、牛肉、鸡汁等众多口味的先河。逢年过节、找人办事时，甚至有人会搬上一箱这种市面上很难买到的特制方便面作为礼物，在那时的孩子眼里，这种特制面简直就是可遇不可求的存在。即便到了现在，有人也会在家里时常备上几袋口味不同的方便面，时不时地打打牙祭、改善一下口味。

方便面厂生产出的次品也有销路，残缺不全的面饼撒上些调料论斤卖，最适合干吃还不可惜。面渣子装在大塑料袋里也可以卖，只是买这种的多数是些老太太，买的时候还会反复念叨，把这买回去用来喂鸡吃。鸡反正不会说话，我也没亲眼见过鸡吃这东西，面的含盐量较高，公鸡吃了会不会嗓子齁得打不了鸣，母鸡吃了会不

华丰三鲜伊面

会生出的蛋都是咸的呢？不管怎样，总之，整面、残面、面渣什么都没有浪费。

不知什么原因，红极一时的华丰方便面偃旗息鼓，若干年后卷土重来时已变成了咸阳产，而熊毅武方便面也逐渐销声匿迹。

看到了吧，除了旅途和应急时的方便即食，方便面还可以是零食，是玩具，是礼品，甚至是饲料。此怪三。

由此看来，这方便面是真的有趣又奇怪，看在方便面自数千年前起源于中华大地的分儿上，我还是干了这碗面汤，放过"方便面"吧！

2016 年 2 月 26 日

等待被唤醒的 DNA

记得中学毕业时填留言册，有一项是"你最讨厌的歌曲"，多数同学会毫不犹豫地在这一栏内填入"秦腔""豫剧"。似乎那时的我们对戏曲都有一种天然的抵触，最喜欢的无非就是那时的流行歌曲了，比如，周杰伦的《安静》。

秦腔《苏武牧羊》剧照

后来，远离关中，西去金城求学，一个阳光明媚的午后，一包烟、一瓶可乐，独自坐在宿舍的电脑前为社联码字，忽然电视里传出了秦腔《苏武牧羊》选段，苏武正在"开骂"李陵，一句潇洒豪迈的"纵然间一死也畅快"让人一个激灵，竟然饶有兴致地听了起来。工作后，随同一位酷爱秦腔的领导下乡，当听到车里再次响起这段对唱，平静的面容下，内心已掀起层层波澜，思绪瞬间便被牵回那个兰天公寓的午后——从那天下午起，开始莫名其妙地听起秦腔。

而"反转"总是在戏剧性地发生着。脚下踩着关中的黄土，却突然又厌倦起了秦腔，莫名其妙地开始听起了豫剧，尤其喜欢牛得草、金不换师徒的《七品芝麻官》。

豫剧《七品芝麻官》剧照

如果认真地算起来，我的故乡应该在中原的黄河岸边、韩愈故里。最早接触到的豫剧，就是《朝阳沟》了。小时候，家里有一台老式卡带录音机，周日的早上，父亲时不时地会将那盘卡带插入录音机放上一遍，几句唱段如今依然还萦绕在耳畔："老头子在一旁推推我，老东西，你呀你，几辈子没有当婆婆"，"那个前腿弓，那个后腿蹬，把脚步放稳劲使匀，那个草死苗好土发松"，"亲家母，你坐下，咱俩说说知心话；亲家母，咱都坐下，咱们随便拉一拉……"。

而外婆，也是位不折不扣的豫剧迷，虽然八九十的高龄，眼花耳背，但总能记住河南电视台《梨园春》的播放时间，每到这时，无论是父母还是孩子，无论我们聚在一起嬉笑热闹地共同追着什么剧集，都得为外婆让路，陪着她一起聆听乡音。曾经有一次我问外婆，你都出来几十年了，咋还那么爱听豫剧？外婆说，从小就听，就是爱听。现在的电视，看不懂、记不住。比起外婆，奶奶就含蓄了许多，她会在我们看到豫剧时，搬张椅子，坐在电视旁静静地、聚精会神地听……

豫剧一向以唱见长，在剧情的节骨眼上都安排有大板唱腔，唱腔流畅，节奏鲜明，极具口语化，一般吐字清晰，行腔酣畅，易为听众听清，显示出特有的艺术魅力。马金凤老师的《穆桂英挂帅》，从"未开言来心如焚，尊声祖母老太君"始，至"老太君为国要尽忠，她命我挂帅去征东"，及至全剧的高潮，大鼓"咚咚咚"擂响三声，紧接着"辕门外三声炮如同雷震，天波府里走出来我保国臣"，再到"打一杆帅字旗竖在了空，浑天侯挂了元戎""忙吩咐众三军老营动，穆桂英五十三岁又出征"，大开大合，回肠荡气，将人物的内心活动唱得淋漓尽致。

很久以前，中原之地因为黄河总是发水、泛滥，给人们带来灾难，生活当然是贫困交加，背井离乡逃难的人络绎不绝……豫剧在漫长的岁月中伴着人们度过了春夏秋冬，人们高兴的时候唱它，悲哀的时候也唱它。

豫剧《朝阳沟》剧照

它成了生活中割舍不掉的东西。

豫剧是民族文化源头之一，也成了豫人的胎记，成为凝聚家乡人们的力量，有人曾统计，豫剧是除了京剧以外，全国普及最广的剧种。凡是有豫人的地方就有豫剧。他们在豫剧的底蕴中生，在豫剧的旋律中死：活着，有豫剧相伴，豫剧是豫人的血脉；死去，有豫剧送行，豫剧是豫人的根底！

前几天，刚满两岁的女儿忽然就冒出来了几句韵味十足的河南话，全家人都为之一愣，因为在女儿面前，我始终提倡要说普通话，所以没人教过她方言，要说她第一次直接接触到河南话，应该是去年9月份短暂地去了一次孟州。爱人首先反应了过来，说，看吧，这就是遗传。呃——遗传，我好像想到了什么。

没错，何马的长篇小说《藏地密码》。小说讲述男主人公卓木强巴为追查藏獒紫麒麟下落，阴差阳错结识了一帮生死之交，并在他们的帮助下，去寻找西藏失落的神秘宝藏——帕巴拉神庙的故事。在探险的过程中揭示了一系列神秘的事件，借由DNA作为载体，候鸟不用父辈教就天生地知道迁徙的路线，特定人的血液可以用来打开特定的机关门，从没学习过格萨尔王的传唱艺人会在某天一觉醒来唤醒记忆从而完整地吟唱，有些人会对明明陌生的某事某物在潜意识里有着异乎寻常的熟悉，等等。

扯远了，对于人类来说，开发利用率还不到10%的大脑和DNA，或许真的存在某种神秘的功能，等待着被唤醒。而我们继承自先人和故乡的遗传物质，或许真的就会在某天莫名其妙地开始影响我们的生活，把那种独一无二的文化属性传承至未来的时空，让人牵牵念念。

只是，如果现在还要问"讨厌的歌曲"，谁还会再说"秦腔和豫剧"吗?!

2016年2月3日

关于陕九子校的点滴记忆

"开始的开始，我们都是孩子；最后的最后，渴望变成天使；歌谣的歌谣，藏着童话的影子；孩子的孩子，该要飞往哪去……"

QQ空间里曾经发表过一个系列的回忆文章，其中有提到高中时的一点痕迹，最近突然有同学问，你说的我咋想不起来了？因为我提到的，是在陕九子校。自己内心更多的认同，或许还是"西机的孩子"，我于陕九子校而言，曾经的高中时代更像个过客。但是，青春故事得以最终绚烂爆发的原点，或许真的来自这里。

陕九子校大门外旧貌

还记否，那位胖萌的物理老师，怎么看都觉得有一种天然的亲切感。初识麦李河畔的麦李沟，就是在他带领下的春游。

还记否，那位疯狂英语的狂热爱好者，变着花样逼我们学英语，上学路上人手一本文件夹的身影还真是有模有样。不得不承认，他的"笨"办法确实提高了我们的高考分数。

陕九子校旧貌一角1

还记否，那位高个子的校长，他的生物课怎么就那么百听不厌？我始终认为，他的身上透着关中汉子特有的帅气。

还记否，那位押中化学考题的政教主任，走路总喜欢一手甩着钥匙的教务主任，总喜欢在讲课时说"注意，看好，我要变啦"的

陕九子校旧貌一角2

代数老师，严谨而敬业的常老师，还有温文尔雅、讲课精彩的语文老师——她爱人我们私底下都会昵称他为finger……

还记否，岐山县建党八十周年文艺演出时的铿锵舞步、嘹亮歌声。

还记否，我们在课余传阅过的《倾城倾国》《暮鼓晨钟》《霜冷长河》。

还记否，那位钢琴十级的

高个女生，以及听说在福建某电视台当了主持人的当时很会演讲和主持的姑娘。

还记否，那间拥挤的小卖部，那份烧饼夹面皮，那台装水也装过防"非典"药汁的推车，每周一国旗下的演讲，小小的操场拥挤着开运动会，高四时的我们连服装都穿不统一就去参加了学校的歌咏比赛，很能激励士气的中英双语演讲比赛，为我们的单车遮蔽雨雪的车棚，教学楼中间花坛里高大的雪松和梅树、海棠、月季——我们曾在那里拍下毕业的留影……

还记否，后山的槐林，初夏时节，淡淡的槐香无论是伴着温暖的阳光，还是柔柔的月光，那里，都会是一个适合聊天、静思、写诗的地方。

还记否，你们曾暗恋过的邻家女孩、邻家哥哥……

有人说每个人的家乡都在沦陷，以前我也这样想。直到我们回到家乡，才发现真相：家乡从未改变，只是我们离家太远，已忘了家的模样；我们出发太久，已经迷失在远方。心

陕九子校旧貌一角3

安之处是吾乡，记住家的模样，回家时才能找到方向。

2015 年 12 月 21 日

又见平遥

《又见平遥》剧场

北方的 7 月，刺眼的阳光就这么毫无头绪地烘烤着大地，高温预警挂了撤、撤了挂，已经成了稀松平常，再也无法成为谈资。一阵风吹过，窗帘不经意间就扯起了老高，搅扰了蒙眬的睡意，眼缝中忽就唤起一片烟雨蒙蒙的春色。那真是一季不可多得的春天，一切都还显得生机勃勃。

彼时，趁着外出学习，得以暂时摆脱单位的牵绊，计划着来一场说走就走的旅行，最初的打算是"烟花三月下扬州"，然而在查询了攻略、航班、高铁之后，手握着两天半的假期，顿时抓了狂。

无意中，看到了一趟从宝鸡南发往太原的动车，点开之下，一个熟悉的地名——平遥古城赫然在列，往返时间也合适，这还说啥，果断地订了车票、客栈，还有那场被极力推荐的演出——《又见平遥》。

位于山西的平遥古城，是一座具有 2700 多年历史的文化名城，与同为第二批国家历史文化名城的四川阆中、云南丽江、安徽歙县并称为"保存最为完好的四大古城",也是目前我国唯一以整座古城申报世界文化遗产获得成功的古县城。

平遥旧称"古陶",明朝初年,为防御外族侵扰,始建城墙,洪武三年(1370)在旧墙垣基础上重筑扩修,并全面包砖。

平遥曾是晚清时期中国的金融中心,走进这座曾经繁华的古城,处处可以感受到晋商文化的气息。

平遥,也是一座生活在历史与现代之间的城市,过去和现在的影响在这座城市中清晰重叠。如果说丽江是位纯美的少女,那平遥就是位底蕴深厚的乱世佳人。

下午三点乘车,预订的客栈安排了接站,抵达古城已是晚间八点半左右,安置下行李,便迫不及待地走向了古城的街道。

青石铺就的街巷,早已被游人踩得锃亮,映衬着各色商铺前的大

平遥古城一角

红灯笼高高挂;各色酒吧的门脸、招牌极尽所能地展示着各自的个性,但终逃不过门前服务生执着揽客的情景所透露出的千篇一律;各式古建筑在灯光的勾描下,讲述着古城今日的繁华;同样的小摊卖着同样的旅游用品,敲着同样的鼓,挂着同样的灯;一顿味道欠佳且稍贵的晚餐;深夜绕行至静悄悄的本地居民生活的小巷,突闻犬吠,大惊失色……这就是平遥给我的第一印象。

平遥老街

然而，我知道这不是它的全部，入住"五脏俱全"的客栈，感受着古朴的气息，我仍然期待着明天它能带给我不一样的精彩。

清晨，寻得一家卖锅贴、米粥等非常大众化的早餐的铺面，简单应付完毕，便去买了景点通票，开始了一天的古城漫游。

南门城墙下

文庙

城隍庙

平遥县衙

太平观

同兴公镖局

日升昌票号

古市楼

日暮，赶在景点关门前，来到了雷履泰故居。门口已无人检票，自行刷票进去，竟已看不到工作人员的身影。偌大的院落空空荡荡、无声无息。只是不知这些院落中，是否还有着一些不灭的存在，在送走了如织的游人后，或匆忙地穿行在大厅小室之间，或站在门前，手扶门框，眺望着青石街巷的尽头，期盼着另一些存在的回归？

其实，从小的印象中，历史上的山西，都是一个贫瘠的存在。这或许和民歌《走西口》有关吧，《走西口》山西、陕北都唱，大体是指离开家乡到"口外"去谋生，如果日子过得下去，为什么要一把眼泪一声哀叹地背井离乡呢？万历年间的《汾州府志》卷二也

雷履泰故居

曾记载："平遥县地瘠薄，气刚劲，人多织耕少。"

当然，上述的印象与后来因煤而富的山西，并不在一个时间点上。

真正对山西曾经富裕的认知，来自电视剧《乔家大院》，由此开始知道山西的票号、镖局，开始知道在 19 世纪乃至以前相当长的一个时期内，中国最富有的省份竟然是山西！直到 20 世纪初，山西，仍是中国的金融贸易中心。山西平遥、祁县、太谷一带，自然条件并不好，也没有太多的物产，乾隆《太谷县志》卷三说，太谷县"民多而田少，竭丰年之谷，不足供两月。故耕种之外，咸善谋生，跋涉数千里率以为常。土俗殷富，实由此焉"。

山西商人的全方位成功，与他们良好的整体素质有关。山西商人在人格素质上至少有四个方面十分引人注目：坦然从商、目光远大、讲究信义、严于管理。正因这些素质，山西的商人掸掉身上的泥土，堂堂正正走入了富豪的行列。

夜幕降临，脚踩着晋商的耀眼光环，步入了西门外的剧场。

由王潮歌导演，王潮歌、樊跃共同策划的大型情境体验剧《又见平遥》，讲述了一个关于血脉传承、生生不息的故事：清朝末期，平遥古城票号东家赵易硕抵尽家产，从沙俄保回了分号王掌柜唯一的一条血脉。同兴公镖局二百三十二名镖师同去。出发之前，赵东家在乡亲们的支持下选妻留后，全城百姓前来送镖。七年过后，票号赵东家本人连同同兴公二百三十二名镖师全部死在途中，而王家唯一血脉得以延续。这是平遥城的仁德，也是山西人的仗义，更是中华民族的传统美德。

整个演出分为城墙魂归、选妻、灵魂回家、镖师洗浴、送镖、面秀六个片段。通过这些片段，凸显了平遥人的道德传统及因为这种传统而阐发的悲壮情怀。同时，这种讲述形式不仅有丰富的可视性，在文学上更有深蕴。

看完演出，再次回到古城的南北大街上，心情忽然变得沉重，眼前的景物，尤其是那座已经紧闭大门的同兴公镖局，在夜色下，更显悲壮。于是，这晚的照片，我虚化了古城中的人流。

穿越，还是亲历？不，我已经不再是一个看客！

一个问题，随即盘绕在脑海：辉煌的晋商，是如何衰落的？

最初，我认为是因为晋商把赚来的钱都在家乡置业盖房、放高利贷、娶小老婆，丢失了与国家前途命运、世界大势相契合的战略视野。显然，这个

平遥夜景

同兴公镖局

理由是感性的，但不失为一个理由。

回来后，在网上查了一些资料，才发现，晋商败落的原因，并不能全然归之于他们自身，有更深刻、更宏大的社会历史原因。

政府银行的组建、沿海市场的膨胀、家族式的商业体制，这些似乎都是，但还不是它们整体败落的主要理由。积数百年经商经验的晋商在中国的土地上继续活跃下去的余地是很大的。那么，使晋商整体衰落的根本原因究竟在哪里呢？

西方的金融垄断所造成的暴力冲击。

西方的私人银行与山西的票号相较，前者的目的在于向全社会集资，而后者仅在为商家存取方便而已。尽管山西票号大规模地投资生产和贸易，但是它并不像西方私人银行那样投资于战争。正因为它不为国家的战争行为提供借款，所以它就不具有国家赋予的以国家税收为抵押的发钞权，也就无法成为国家的债主，进而凌驾在国家之上，发展为跨国的、垄断的金融资产阶级。19 世纪中叶以来，票号资本先是不能投资于国家的工业革命和军事自卫，随后又被排除在经营战争借款和赔款之外，几乎丧失了那个时代所有的"大宗业务"，加之西方金融垄断资本彻底瓦解了清政府的国家财政，其前途也就不言而喻了。从这个意义上，也能进一步理解所谓的"中国民族资产阶级先天不足，后天弱小"的含义。

史料记载，太平军逼近天津时，账局停歇，街市十三行中所有自食其力的劳动者"皆已失业"，受其影响，北京也是"各行业闭歇，居民生活处于困境"。至于全国各地一般中小城镇，兵伍所及，"一路蹂躏""死伤遍野"，经济上更是"商贾裹足，厘源梗塞"。面对这种情况，山西商号在全国各地的分号只得纷纷撤回。1861 年 1 月，日升昌票号总部接成都分号信，报告"贼匪扰乱不堪"，总部立即命令成都分号归入重庆分号"暂作躲避",又命令广州分号随时观察重庆形势,但三个月后,命令广州分号立即撤回,命令说:"务以速归早回为是,万万不可再为延迟,早回一天,即算有功,至要至要!"一个大商号的慌乱溢于言表。

太平天国之后,经历英法联军入侵、八国联军进犯、庚子赔款摊派等七灾八难,终于,迎来了辛亥革命。这场革命最终推翻了清王朝的统治,自有其历史意义,但无可讳言的是,无穷无尽的社会动乱、军阀混战也从此开始,山西商家怎么也挺立不住了,工商企业关门、巨额贷款无法追回、存款人争相挤兑、独立的省份业务中断、经理伙计相率逃跑、票号商号纷纷倒闭。北洋政府面对晋商的请愿,回答说:山西商号信用久孚,政府从保商恤商考虑,理应帮助维持,可惜国家财政万分困难,他日必竭力斡旋。

但是,北洋政府看上了请愿团的首席代表范元澍,发给月薪二百元,委派他到破落了的山西票号中物色能干的伙计到政府银行任职。

1915 年 3 月份的《大公报》上发了这样一篇报道:

平遥清晨

彼巍巍灿烂之华屋,不无铁扉双锁,黯淡无色。门前双眼怒突之小狮,一似泪涔涔下,欲作河南之吼,代主人喝其不平。前月北京所宣传倒闭之日升昌，其本店耸立其间，门前尚悬日升昌招牌，闻其主人已宣告破产，由法院捕其来京矣。

以日升昌的倒闭为标志，"走西口"的旅程，终于走到了终点。

次日，我起了个大早，古城静谧、祥和，有些微寒意。这个没有游人的时刻，想必才与曾经那个繁荣的平遥清晨，最是相似……

与古城告别，我记下了一家铺面牌匾上的一句话：如果不旅行，永远是本地人。

2016 年 7 月 15 日

大美甘南　雄奇扎尕那

若尔盖草原

曾经两次与杨宝祥老师利用年假自驾甘南一线。

2012年，一路向西，经天水—陇西—渭源—临洮—临夏，至夏河拉卜楞寺、桑科草原，向南经科才乡—碌曲至尕海、郎木寺甘肃一侧（天葬台），返程经合作米拉日巴佛阁至临夏—兰州—千渭。

2015年，经天水向南，过成县—陇南—文县，至九寨沟、川主寺、松潘古镇、若尔盖草原、花湖、郎木寺四川一侧（白龙江源头）、迭部县扎尕那，返程自碌曲—合作—临夏—临洮—渭源—

陇西—天水—千渭。

前往扎尕那的路上

第一次去甘南的时候，路上的车远没有现在的多，各个地方的住宿也较容易，80公里的限速完全可以巡航，想必那时扎尕那的游客也不会太多，但我们生生地错过了。

第二次去，经历了文县堵车、渭源修路的焦躁，经历了九寨沟、川主寺镇、郎木寺找客房的艰难，路上还在犹豫到底要不要去那个不太顺路、要走往返的地方。但犹豫只是我的，杨老师在另一台车上只顾一往无前，山高林密，手台的天线拔出一尺多长都没有了回应的信号。

扎尕那1

在去扎尕那的路上，两旁山色颇美，蓝天如洗，溪水淙淙，藏族村寨安静祥和、桑烟袅袅，溪流旁随意生长的几株树木就能描画出如过电般通透周身、舒畅筋骨的曲线，撑起一处亮丽的美景，与灵秀的九寨、壮阔的若尔盖草原形成了鲜明的对比。

因为杨老师的执着，我们终于到了扎尕那，彼时，简陋的停车

扎尕那2

场上已停满了各式牌照的大车小车。站定四顾，嚯，这片神奇的盆地隐藏在"石门"之内，山野安静，村落成片，云近天蓝，山灵谷深，当真称得上世外桃源。

扎尕那，位于甘南州迭部县益哇乡，是隐藏在崇山峻岭中的一个藏族村落。半山坡上，藏式榻板木屋鳞次栉比，层叠而上，玛尼经幡迎风飘扬，村庄四周都是未经旅游开发的奇异山峰，最高峰海拔4500米。"扎尕那"是藏语，意为"石匣子"，扎尕那的神叫作涅甘达娃。"迭部"这个词，在藏语里，是指"神摁出来的地方"。传说涅甘达娃在很久以前的某天路过这里，见群山层叠，阻碍道路，就用手指摁了一下，就此山崩石倾，让出一片开阔的地方。美国《国家地理》摄影师约瑟夫·洛克在20世纪20年代来到这里考察后说："迭部是如此令人惊叹，如果不把这绝佳的地方拍摄下来，我会感到是一种罪恶。""我平生未见如此绮丽的景色。如果《创世纪》的作者曾看见迭部的美景，将会把亚当和夏娃的诞生地放在这里。"约瑟夫·洛克

扎尕那3

扎尕那4

在中国的考察报告曾让全世界的游人都迷恋上了丽江和贡嘎雪山，并提供了"香格里拉"的蓝图。然而他如此盛赞的扎尕那——集迭部甚至整个甘南美景之精华于一处、如仙境一般壮丽华美的山神行宫，直到21世纪初才渐渐被人提起，又过了十年，才逐渐迎来了越来越多的游客。

停好车，走至原木搭建的观景台，眼睛的生理结构已经不能适应大脑的需求，回首、转身、原地转圈，人类怎么就没能进化出个广角让人欣赏如此美景。每走几十步，风光就会大变，不仅眼前变，身后身左身右和峰角峥嵘的天空，全部在变化。如果一味前行，必然会错过其他风景。每一次回身，都会张大合不拢的嘴巴，发出阵阵惊叹。

巨戟一般的岩峰，刺破浮云，直指蓝天。峰尖岩石青白，不生寸草。山势陡立，从山腰开始，浓淡各异的灌木丛直泻山脚，而岩峰之下是一片开阔的谷地，缓坡上几许村落，几许田畴，有农人正在青稞地里俯身劳作。这

扎尕那5

一切，都在环绕四周的巨峰映衬下，无比谦卑而安详。远处寺庙前五彩经幡飒飒飘扬，澄澈的气流中似乎能看到玲珑剔透的经文变幻着五色晶光随着山风撒向芸芸众生。阳光从云朵间透下，形成道道光柱，斑斓绚丽，圣洁无比。

扎尕那6

原打算夜宿迭部，故而行程上有些拖沓，后因时间关系临时决定宿碌曲，在扎尕那停留了一小时左右就启程了。碌曲因举办锅庄大赛，酒店爆满，好像上次去合作也是因为锅庄大赛而不得已临时赶往临夏入住。既然和锅庄这么有缘，在县城的东边找到一家回族同胞的家庭旅馆入住后，便忙不迭地去县政府前的广场上看了展示演出。

入夜，回想扎尕那，似乎少了些什么，只顾观景，而忘却了人，还有山后那长长的峡谷与高山草甸。或许夜宿藏家会是一个好选择。心里想着，不然下次再去一回吧，可是，我们的闯入，会不会又将其弄成下一个九寨沟？

算了吧，扎尕那，一次就好！

2015 年 12 月 20 日

"群力路"上的美食与暑假记忆

此"群力路"非彼群力路，应是现在称作"千渭路"，班车和公交报站为"六村"的这条路，而现在的群力路或许称作"渭阳路"更为合适。

此处以"群力路"指代这条路，只是为便于表达，因为曾经这条路上，有子校，有家属区，有商店、餐馆、理发室，还有一溜棚下的台面经营着吃食与果蔬；这条路，伴着广播里的军号声，承载着几代群力人的工作、生活，也是无论走多远的厂子弟们回家的路。

群力路 1

那年，儿时的我第一次在暑假里一个人回六村，班车一路颠簸，胃里一阵翻腾，记不清路口的我，终究还是在李家崖路口下错了站。宝虢路两侧的沟渠边，栽植着没有什么树荫的笔直的杉树，灰突突的路面之外是平坦无边的农田。转入六村路口，走过一片玉米地，过了上下班期间会推出路障封路的限高杆处，就到了六村。

记忆中，六村的这条路上当年有两大美食。一是菊妮儿（音）家的面皮，最初似乎是只有蒸面皮，后来才有了擀的。她家面皮的口味，做了不小的改良，已完全不同于正宗岐山面皮那种醇厚的酸香，而是淡淡的酸味调和起的五香咸鲜。吃惯了岐山风味，这种味道对味蕾的冲击总是会铭刻于记忆深处。每逢年节，亲朋们相聚一处，丰盛的年饭吃几顿，总会有人忍不住去找来这碗面皮，争相大快朵颐，一解油腻。只是这个味道，如今只能在记忆中搜寻了。

另一处美食，是米线。这家的米线，最开始在台面上支起，大家就发现比别家的好吃，那种鲜香醇厚、诸味调和、辣味不冒、麻香满齿的滋味，只消一顿，就会深深地爱上。后来，当我们这些小伙伴发现，她家的汤锅中原来一直炖着一只鸡时，各种关于某某他妈做的米线的味道的传言更是神乎其神。小孩子的想象力总是丰富，现在想来，估计汤锅里的只是一副鸡架吧。但显然，撑起这碗美味的秘方，不止于这锅浓汤，还有后来加入的浓香酥烂的鸡块，以及老板娘能叫上多数工友名字的家人般的热情好客。幸甚，这锅浓汤

如今还在，只是历经二十余年岁月的沉淀，成了一锅上品"老汤"，依旧在每一个上班的清晨热气腾腾，依旧时不时地照顾着厂子弟关于一切美好的味觉记忆。

沿着这条路，过宝虢路（陈仓大道）往南，

群力路 2

对于儿时的我们，已不再是如路北这片还能称作田野，虽然李家崖的农人们也在那里种有庄稼和蔬菜，但对我们来说已是河滩边的荒郊野地。夏日的傍晚，宝虢路北的这片田野，总是有着最畅快的晚风，田边的机井抽出汩汩清流，沿着水渠四下漫溢。晚饭后，人们总爱来这里散步，或搬个小马扎，坐在水渠边乘凉。小伙伴们也会三三两两地相约，一路迎着晚霞吹起路边摘得的蒲公英去到河滩踩沙坑，感觉着脚越陷越深的强大吸力，然后大喊大叫，追逐打闹。天黑透时，我们就会往回走，黑漆漆的坑洼土路上，总能不时遇见晃晃悠悠骑着自行车的年轻小伙载着长发飘飘的她，看见对面人影忙客气地喊：伙计，让一下，让一下。骑近方才看清是一伙小孩，便嘟囔道：啥伙计，才是娃伙啊。我们面面相觑，好尴尬啊。如今，那些儿时的玩伴也不知去向何方。真希望现在的孩子们，仍然能够将回爷爷奶奶家和另外一拨小朋友们玩耍作为寒暑假里最愉快的记忆，而不是被什么校内校外的补课、托管所代替。

又是一个夏夜，我在"群力路"上浪两趟，只有法桐依旧。寻得一家档口坐定，抬头间却发现老板竟也是个熟悉的面孔，原来他把店从东边开到了这里，又是熟悉的味道。一瓶大窑开启，回味的不也是老冰棍的味道吗？人间烟火里，最能勾起味蕾记忆的，总会是在这些被四川人称为"苍蝇馆子"的地方。

人间兜兜转转，总是逃不脱某种循环。如果把这条路当作起点，回来，

群力路 3

190　千渭初听

便是一种循环。就好似市妇保院的产检，不知是否有意为之，生命最开始的建档，在产前门诊的导诊台，新的生命出生，办理最后一个手续《出生医学证明》盖章，绕了一圈又回到了这个最初的导诊台。

深夜，有凉风袭来，惊觉间，回想起方才的梦境。大象北上，原来是要回老家河南，那个"豫"字的象形，不就是以矛刺象吗？正如"虢"的象形是以手搏虎。大地重回大禹治水时的气候，沙漠变草原，草原变森林，塔里木河不再断流，成片的胡杨林枝繁叶茂，四百毫米降水线再次推过长城，西北重新变得温暖湿润。天哪，又是一个五千年的循环！

2021 年 8 月 9 日

匆匆那年

一、三十岁的备忘

首先，该给"越来越凌乱"系列画个句号了。三十了，二十多岁的凌乱就让它过去吧，没有什么是过不去的。

三十岁之前的几天，给那几位朋友分别打了电话，你们对号入座吧：一个正陪同领导去陇南出差，一个正在下班回家途中，一个正在医院看病，一个急匆匆回到办公室接电话，一个正给娃拍百天照，一个无人接听。同一时刻的你们，做着不同的事情，因我的一番电话，似又聚在同一时空，只是，你们感觉到了吗？

也本打算十一去兰州，但思虑再三，终究作罢。

三十岁之前的几天，因工作的关系，在村上昏天黑地忙了四五天，惹了一肚子闲气，手腕也被自己砸肿了，收假后还得继续，不说也罢。

三十岁之前的几天，重新看了两部电视剧《大秦帝国之裂变》和《血色浪漫》。

三十岁之前的几天和假期，集中看了几本书：《看见》《一个人流浪，不必去远方》《谁的青春不迷茫》《活着活着就老了》。

三十岁之后的几天里，想了很多，本打算都写写，呵，还是作罢。

三十岁的生日，老婆送了我一块表，当作"而立"的标志，挺好。

这个假期，回了趟蔡家坡，走了下免费的西宝高速，逛了逛新开业的天下汇高新店，去了趟炎帝陵。

希望有一天，我能好好地为二十岁的自己写点什么，给这十年的你，旁观下一个十年的我。

十年的青春轨迹，总得盛开一两朵沉甸甸的花吧。

是为备忘。

2013 年 10 月 6 日

二、朝圣师大

西北师大正门

十年，对于每一个具有中华文化属性的人来说，都是一个重要的时间节点，或用来纪念、怀念，或用来谋划、憧憬。

站在这个时间节点的前后，于人生而言，是三十岁的我回望二十岁的自己；于学业而言，是入学西北师大十周年；于青春故事而言，十年前的 12 月恰逢社联成立。

　　此时，2014 年 12 月 30 日，我开始努力寻找一个个载满记忆的碎片。

　　2003 年的 9 月初，我第一次与母亲来到兰州，在新生还未报到时便迫不及待地跟随姑姑和姑父在师大校园中游走了一圈，彼时还没有任何迎新的氛围，偌大的校园安静、神圣。我像一个苦修了十年、终于踏入圣城的朝圣者般看遍学校的每幢建筑，听着姑父给我讲述师大的百年变迁与百年来的大师。令人失落的是，教传学院的教学楼，既不现代，也不古朴，既不壮丽，也不沧桑，憋屈地蜷缩在校园的角落。当时的我所不知的是，以后四年的很多时间，我并不是非要像中学时那样待在这栋狭小局促的建筑中。

　　与正门处的冷清相比，西门外则热闹了许多，各式各样的小吃摊排列着，朝任何一个方向看，都会有家牛肉面馆映入眼中。当时的我也没有想到的是，后来的四年，每逢月底，食堂的饭就再无法装进我的肚子，曾经两块钱一碗便宜又实惠的牛肉面会一天吃三顿，不够的话，就再花五毛钱买一块饼子，泡在汤中。

　　总之，这便是我与师大的第一次谋面，也是青春故事的最开头。

2014 年 12 月 30 日

三、新生之野望

　　2003 年的教师节。气象学意义上的那天是怎样的天气已无从寻

班级兴隆山合影

找，但记忆中的那天秋高气爽、风轻云淡。我与母亲早早地便到了学校，报到、吃饭、到宿舍安顿、买日用品。或许我是男生的缘故，没有师哥来帮忙托行李；也或许是我长得不够帅的缘故，更没有漂亮的师姐帮忙。以后数次参与迎新，才发现，原来帮忙的人前赴后继，不过都有着自己的标准，呵呵。

安顿好宿舍，母亲便带着一百个不放心忐忑地去了姑姑家，在兰州逗留了几日后便回家了，走之前打电话千叮咛万嘱咐，而我已经听不进去了，因为我正忙着参加新生教育。也就在那时，我注意到了两个人，一个是"绿迷彩"，一个是穿着红白运动服、戴着棒球帽、梳着顺滑马尾辫、俊俏开朗的班花。后来，当我们听说班花与她预科时数信学院的同学好上了之后，相信很多男生宿舍的卧谈会上，都会感叹"噢，他比你先到"！

那时的我还不甚明了生活的琐碎与一块钱难倒英雄汉的无奈，校园爱情在我看来只是一种相互陪伴与相互扶持、相互照顾，热烈、纯洁。

以后的四年，我遇到的人很多，校园爱情分分合合，有喜新厌旧者，有始乱终弃者，有毕业分手者，有一路坚守者，有分道扬镳者，有终成正果者，已经见怪不怪。但若干年后听到班花与她一路走来的男友最终走向婚姻时，还是欣喜异常的，因为这也是一种正能量啊，而这个爱情故事的结局便是王子与公主终于幸福地生活在了一起。可惜那时的我还是抱着怀疑的眼光，听人讲述着种种无关痛痒的剧情，心里只想着最终的大结局。

也正是拜班花爱情故事所赐，作为新生，我在立志完成学业、广泛参与社会活动的同时，也憧憬着属于自己的校园爱情，勾画着心中那个她的轮廓，可以说，这份憧憬既热烈又迫切。只是四年后才发现，憧憬仅停留在憧憬。临毕业时，有朋友对我说，没有等来爱情于你的大学时光是一种缺憾，但其他方面你还是挺圆满的，而有缺憾的圆满才是真圆满。我不得不感谢宝莹，还有柴建，在那个最伤感的时刻，陪着我走完了所剩不多的大学时光。

2014 年 12 月 30 日

四、致那一身绿迷彩

QQ 于今，多半已沦为一种可以浏览的网页，即时通信的功能已荒废了很久。

昨日，看到空间中的一段留言以及留言者的头像，着实让我欣喜了一把。那身绿迷彩，依稀在眼前。

2003 年的秋季，师大的校园中，刚刚组建的班级，有两个人恐怕格外引人瞩目。一个是日后男生们都常讨论和心向往之的班花，另一个，就是那身绿迷彩——兄弟，请允许我如此称呼。绿迷彩一脸的憨厚、质朴，眼中却透着玩世不恭与桀骜不驯。也正因他眼中的那份桀骜，我在青春故事的开头并未与其深交。

绿迷彩与同学们在五泉山上

作为首任班长，下车伊始，在未弄清班级情况的前提下，我就经验主义地开展了一些工作，有些做法现在想来确实急功近利了，致使同学们有了激烈的反对意见，绿迷彩及其舍友便是其一。我不得不急流勇退，选择另外的平台以期不虚度光阴和雁过留声。这一场剧情，给我留下来两个后果，一个是受用至今的教训，一个是与绿迷彩狗血剧情的开始——因一场误会而彼此关注。

绿迷彩早出晚归，一面是夹着书本穿行在课堂和自习室的勤奋，一面是勤工俭学挥汗如雨的勤劳；一面是令我脑袋抽筋的高数、物电、C语言他都能考得高分，一面是他靠着自己的辛苦付出换来四年朴素衣食的辛酸、不屈与阳光笑脸；一面是他努力地参加一届届的从师技能大赛，一面是他在并不被同学们看好的情况下获得了全国大学生创业项目竞赛三等奖。

绿迷彩的大学四年，艰辛、努力、阳光、不凡。我就这样默默地看着他，心里涌动着什么，不错，就是若干年后兴起的那个词——正能量。

后来，绿迷彩当了团支书，表面上的理由是他也希望得到一次锻炼的机会，但我心里清楚，他是想为同学们做点什么，让同学们回首往事时，还能记住那青春芳华中的一身绿迷彩！

有一段时间，其他学院的同学开办了一个师大论坛，我和绿迷彩都是这个论坛的版主，便借用这个机会，与他交往了起来，直至大学毕业。

临别前，我请绿迷彩吃饭，依稀记得是在黑默，酒喝了不少，互诉衷肠，引为知己。饭后结账时才发现，他早已悄悄付过了钱，我顿时鼻子一酸，因含泪而模糊的视线中，是一张憨憨的笑脸。

工作后，听说绿迷彩只身去了喀什任教，看着地图，我心生敬佩。从此祖国的边陲，便有了我的一份默默牵挂。

再后来，绿迷彩辗转南京，跑遍大半个中国，真正算得上读万卷书、行万里路。从南方回来，绿迷彩顺路来到宝鸡，接到他已是晚上八九点，在我租住的简陋民房里，畅谈了一晚，同榻而卧。看得出，他期待着改变，期待着美好的生活和爱情。

再再后来，除了给他邮寄过几次特产，联系逐渐少了，零星的只言片语让我知道他到了广元任教、定居。直到看到绿迷彩的 QQ 头像——一身帅气西服揽着身着白纱的姑娘，我才知道，他要结婚了，或是已经结婚了。不知道我的祝福晚不晚，但你一定要收到：兄弟，祝你新婚幸福、身体健康、生活美满，一路向着梦想狂奔！

兄弟，我从你的身上学到很多，向你致敬！

2014 年 12 月 16 日

附：然而，绿迷彩在我记忆中的音容，终究还是定格在了那天清晨公交送站时的挥手一笑。毕业十周年聚会的前一年，他永远留在了 32 岁的仲夏，其时，他上有高堂，膝下尚有不满周岁的女儿。

绿迷彩曾经给自己定过三个人生目标，但第三个考博的愿望再也无法实现。病中，班里发起了募捐倡议，学院响应、校友参与，当时任院长将捐款送至病床前，他还在念念不忘病好了要考院长的博士研究生。

斯人已逝，QQ 空间和微信朋友圈尚存。三十岁生日那天，他发了一篇文章纪念，一边"埋怨"着父母将给猪喂剩下的煮洋芋，当作了老两口的晚餐；一边温暖于妻子虽担心她自己乱花钱，却一口气给他买下了两件冬衣的真情。绿迷彩带着遗憾与温情走了，当手机里划出他生前留在网络上的点点印迹，仍不免泪目……

五、周体委和舍友陈胖子二三事

写完昨日的日志，意犹未尽，晚上回家翻开了落满灰尘的毕业留言簿，三个字的称呼又把我拉回了那段青葱岁月。

"老班长"——这是周体委在这本象征永恒的本子上留下的文字中的三个字。虽然他行事有些不羁，说起话来有些流里流气，但对待班级事务极其认真，给我帮了很大的忙，比如校运动会、院篮球赛和文艺晚会……只可惜一起合作的时间太短、太短。

窗外的阳光很好，一如当初。学院组织的散伙饭上，我喝了很多酒，四年的情感郁积，便在一瞬间彻底宣泄了出来，哭得稀里哗啦，和每一位同学拥抱，和每一位同学干杯，还有外班的一些同学。事后，一班的老王对我说，以前觉得你不是这样的人，今天才体会出你的真性情。

也是在这次散伙饭上，我拉着周体委的手，稀里糊涂说了很多，他紧紧地抱住我，拍着我的后背，说出了我今生不会忘记的那段话：不管当初怎样，你带着我们班拿了学院篮球赛第一名，参加了学院的文艺晚会，以后这样的成绩再没有了，在我心里，你永远是我的老班长。听了这一席话，心里安慰了许多，嗓子眼却堵得慌，除了抱着周体委涕泪交流，我已无言以对。

回想起周体委的这些事，耳边回响起篮球场上全班女生卖力的呐喊声，眼前浮现了同学们在台上演出完毕，站在台下默默微笑的自己。

窗外的阳光竟然有些刺眼，对了，奖状现在在哪里？还有人精心收藏着吗？

有些沉重了，能否想起些开心愉快的片段呢？于是，那张胖乎乎的脸，映入了眼帘。

陈胖子，我的舍友，但一起同宿舍的日子并不长，后来他就搬到大活的值班室去了。

当陈胖子抱着被子最后一个来到这个宿舍的时候，看起来他应该比那时的我更胖，现在就不好说了。一起进来的，还有他的一把吉他。

陈胖子一口的京兰腔，他是我最好的方言老师。他讲起笑话来眉飞色舞、声情并茂，讲到高潮处，大伙能笑抽，而他呢，一面抹眼泪，一面笑得大肚腩上下起伏。

陈胖子睡觉打呼噜，鼾声震天，害得他上铺的兄弟和我，经常性地要踹一下床板；他晚上爱看电视，经常是已经鼾声如雷了，电视机依旧闪烁着几乎听不见声音的画面。

受陈胖子的影响，我也喜欢上了许巍的歌。于是，宿舍每天清晨的唤醒曲就成了《礼物》《蓝莲花》《曾经的你》——"从昨夜酒醉醒来，每一刻难过的时候，就独自看一看大海，总想起身边走在路上的朋友，有多少正在醒来……"穿衣、洗脸、刷牙，在歌声中，我们就这样日复一日地伴着兰州的晨曦醒来。

夏日的夜晚，我们打开窗户，插上磁带，陈胖子抱着他的吉他并不怎么熟练地弹奏着，我们就一起大声高唱许巍的歌，楼下打水的女生都不住抬头张望，陈胖子狡黠地说，要的就是这效果。

陈胖子搬到大活去后，也经常来宿舍坐坐，谝他的各种见闻，尤其是各个学院的"莎莎"。他也曾为了追过的"莎莎"，在宿舍里长吁短叹、百转千回。我们也曾开他的玩笑，但最后，他总是一副乐观到死不回头的架势，留给我们的是一张灿烂的笑脸。

感谢你，陈胖子，在这青春故事的开头，能在我们记忆中留下如此开怀的一幕！

正如现在，想到你，我的脸上总是挂着浅浅的笑容。

对了，陈胖子，你的琴艺可有长进？

2014 年 12 月 17 日

六、初涉团学组织

学院组织分团委、学生分会纳新，我按照既定的想法，毫不犹豫地参加了。大一时的学生工作琐碎而充实，安排全院的组织生活和收缴团费是两项重要工作，我乐此不疲，宁愿让自己在课余时间紧张而忙碌，一天不知多少回奔波在兰天公寓与学院之间，费鞋底、费电话费成了当时最直观的"收获"，也因此我的交往范围跳出了班级的局限。

大二时，我也迎来了自己的干事，一个沉稳、一个利练。曾经因为组织大一学生在组织生活中讨论大学需要怎样的大师和需要怎样尊重大师的学生，而搞得整个分团委坐立不安，生怕有什么过激言论和行为，但最终在我的引导下波澜不惊。而那时的我也成了校学生社团联合会筹委会的一员，社联筹备工作正在紧锣密鼓地进行，时间紧迫，于是在搞完新生轮训后，我便将主要精力放在了社联筹备上。

大学四年的社会活动因分团委而始，于社联而终，体会过创业的艰辛，也体会到成功的喜悦，饱尝不被理解的辛酸，也积累下受用至今的经验，体验过学生时代的高峰，也曾在山下默默耕耘。当我开始思考毕业后的工作时，也慢慢体会到，相较于坐井观天而言，我已扒上了井沿，看到了井外的天空，能否跳出井沿走向更广阔的世界呢？

那时的我还在积蓄着力量，等待着三年后那个西装笔挺的自己。

2014 年 12 月 30 日

七、我们的学生社团联合会

张国奎、刘政、王晓君、冉丽萍、董宝莹、包晶晶、罗丽华、魏华、曾朝政、何岩、张亮、杨富礼、吴振刚、封爽、陈兴杰、刘永英、李娜、杨馥茹、贾寅凤、侯宾、朱程炜、朱小勇、李生金、汪龙平、朱等县、邓兴东、杜海峰、南杰、柴建、常鹏、陈怡、高滢、马振华、薛积亮、刘文强……还有我只依稀记得面容而忘却了姓名的兄弟姐妹们。

在脑袋里充满回忆的这两天中，当想到这一长串的姓名和面容的时候，不能不说起我们的社联——西北师范大学学生社团联合会。而那些名字和面容，便是第一届至第三届社联的专职秘书长、成员

全国大学生街舞挑战赛甘肃赛区预决赛后，社联学生干部合影

和一些主力社团的社长。这是一段每每忆起，都令我血脉偾张的记忆，社联日子的点点滴滴，伴随着青春故事的每一场剧集，贯穿着四年光阴的开始与结束。

组织社团纳新，草创各项制度、报表，拟定组织文化，继承社团巡礼月，开创社团文化节，督导社团活动，搭起交流平台，首创社团财务审计，开展社联内部活动，组织社长沙龙，唱响社联之歌，编印《社团风景线》和《社团内参》，而我也几乎走遍了兰州各个高校……

社联筹备委员会秘书组成员，活动指导中心副主任，督察部部长，副主席，主席，一路走来，曾经大半夜凭着一瓶可乐一包烟在电脑前码字，曾经不厌其烦地向社长们宣讲社团经营理念，曾经在活动成功举办后与大伙开怀畅饮、爬五泉山，也曾为了社联干部的结构优化与刘政一起苦苦琢磨，在大活的办公室里与大家一起制作展板、海报，社团数量也从最初的七十余个发展到"百团大战"，还有在社联这个集体里那些情感故事……

太多、太多，记忆的碎片在脑海里一幕幕闪过，却再也抓不真切。正如一首歌所唱，"我曾经跨过山和大海，也穿过人山人海，我曾经拥有着一切，转眼都飘散如烟"。

留在社联，是我一次艰难的选择。大二的第二学期，我还兼任着学院分团委组织部的部长，分团委书记黄老师找我谈话，说："通过近两年的观察，你们这批人中，张同学敢想敢干，你善于策划组织，我打算下学期让张同学任院学生分会主席，你任分团委副书记；但是，你在校团委那边还兼着职，精力上肯定顾不过来，你还是考虑一下去留问题。"我首先感谢了黄老师的器重和培养，答应考虑考虑。

院里的各项实惠自然是多的，学校的平台更大，从功利的角度去看，孰优孰劣难有定论，我选择的角度是感情。打个比喻，分团委这边就像是给别人抚养孩子，自己就是个保姆，而社联，我亲自参与了它的创建，看着它一点点成长，就像是抚养自己的孩子。既然这样，去留便有了主意。给黄老师递上辞职报告后，我深深地鞠了一躬，黄老师说，在那边好好干，别染上一些学生会干部的坏毛病。日后的事实证明，社联的干部群体真可称得上是一股清流，永远胸怀赤子之心，阳光、活泼、执行力强！

大四第一学期，社联承办了全国大学生街舞大赛甘肃赛区预决赛。一次次筹备会议、预演，从赛前热场活动到正式比赛，体育馆内座无虚席，我们组织得有条不紊。这次大赛的圆满成功也成为我们这届社联干部能看到的辉煌的顶点，它的成功举办也标志着社联这级组织已能够承担起大型活动的组织任务。橙红色的文化衫上，跳动着我们青春的火焰！

临近毕业，校团委组织了毕业欢送会。在会上，带着中午的酒气，我说，校团委这块，面临着学生干部凝聚力不强的问题，进进出出太过频繁致使培养学生干部很难；我能想到的办法就是开展组织文化建设，以此凝聚人心，一切才刚刚开始，还远未结束，但不得不说再见，下届干部任重道远。

欢送会之后，依旧是散伙饭，恰与学院组织的散伙饭一个是晚上，一个是中午，只是中午的饭泪眼滂沱，而晚上笑容灿烂。

那晚的酒是绝对没有少喝的，这也给我留下了一个谜题：为何那日喝了如此多的酒，回到宿舍却没吐还很清醒？在这以前和以后的日子里，再也没有了那日的好酒量！

2014 年 12 月 17 日

八、青春散场

大学时光的最后一段时间，留下了异常多的影像，留影始于那张全班同学的毕业照。

这一系列照片的主角，是"猴子""鸟类""鼠类"和我。

这一幅幅影像，对应着记忆的碎片，串起 2007 年兰州的初夏——正门外，我们穿起学士服，与师大作别；黄昏时分，在黄河边散步，一起看落日向西、河水向东；夜晚，我们蹲在体育馆背后，用拳头砸开西瓜，洗着脸吃；正午的阳光刺眼明亮，我们坐在省委党校的树荫下，听"鼠类"唱梁静茹的歌；还有一个傍晚，我们在党校的草坪上打羽毛球、玩健身器材，摆着各种造型拍照，就差没有玩回捉迷藏；一起吃饭，一起聊天，一起将这份难得的珍贵的友谊烙在心中，一起挨到分别的时刻……

为了完成电视节目制作课程的作业，我与绿迷彩、"鸟类"、小郭共同拍摄了一部 DV 剧，由于第一遍拍摄时的效果并不理想，只好另外找了一批演员拍摄。临别时，我重新拾起已经搁置许久的那一大堆视频素材，开始加班加点地编辑，将第一遍拍摄时的废片连接了起来，制作了包含剧情、NG（花絮）、笑容三部分的短片，赶在离开之前，刻录好送给了参与其中的每一个人。

短片的结尾，是"鸟类"在谈论交大的学生毕业后工作好找，镜头摇向了师大的天空。

筵席终究还是散了，送走了一位又一位，终于轮到我了。离开前的夜晚，宿管阿姨已经不急着锁门了，我与"猴子"在公寓的广场上，望着四周的宿舍，看着窗口的灯光逐个熄灭，一直就这么坐到深夜。回到楼上，我站在空荡荡的楼道内，摸着冰凉的墙壁发呆。第二日清晨，我打点好行装，拖着装有毕业证、学位证的沉重的箱子走出兰天公寓，坐在出租车上，回望送行的"猴子"、天市，眼泪不由自主地滑落了下来。

东返的列车穿过陇原、钻入隧洞，当满山开始出现绿色的时候，家，就快到了，而青春故事的剧集，也终于随着列车的呼啸声，散场了。

母亲，正在等待着儿子回家。

2015 年 1 月 8 日

九、穿着父亲的西服走向面试

大约是 2006 年的 12 月吧，天黑得很早，我独自一人从兰州前往西安。文子在出站口接到我，带我去了考点附近的东八里村。在一间小旅馆安顿下后，便等待着后日的开考。其实最初，当我开始考虑工作的事时，还是惯性地想到在学校任教，只是无意间发现网上有陕西省招考公务员的信息，打开之后竟然发现有陈仓区街道办的职位，离家如此之近，让我动了心。于是，扔掉考研的资料，抛开任教的想法，开始全力备考，同时忘却的还有万一考不上之后该怎么办的后路。考完笔试，摸黑回到家已是深夜，给母亲汇报完笔试情况，睡了一夜，就急匆匆回了学校。笔试成绩好像是寒假的时候出来的吧，很幸运，我以第三名的成绩进入了面试。

2007年的三四月间，我回到家准备面试。母亲拿出一套崭新的伟志牌西服和蓝色的真丝领带，递给我说，穿这个吧，明天再去买双新皮鞋，这套西服是你爸单位歌咏比赛时发的，你爸特意要大了一号，他就穿了一回。我穿上父亲的西服，打好领带，看着镜中那个西装笔挺的自己，是啊，没有比这再合适的衣服了！

面试对我来说，竟然出奇顺利。三道题，当主考官念题目的时候，我假装在草纸上写着发言提纲，心里已经乐开了花。"你先答哪道题？"主考官问。我说："我按顺序答。"

第一道题问对新农合的看法。巧了，前几期的《半月谈》有专门的篇幅讲新农合，我便把杂志上的文章要点复述了一遍，从政策内容到惠农特点，从存在问题到宣传解释。第二道题问对金钱价值取向的看法。我从马斯洛需求层次理论侃到理性经济人假设，从传统文化"君子爱财，取之有道"谈到社会主义国家公务人员要具有的公仆情怀。第三道题问如果领导要你搞一篇调研报告，你怎么办。记忆里关于调研报告，还是颇有些值得炫耀的部分，我在大学期间的数篇调研报告，获得过团中央全团调研奖三等奖、甘肃团省委共青团工作调研奖一等奖、三等奖、优秀奖，西北师大学术科研二等奖，从选题到问卷，从分析到总结，我将每个步骤如数家珍地讲了一串儿。回答完毕，发言时间还绰绰有余，主考官问："还有补充吗?"没了。"评委开始打分、计分。

走出考场，有工作人员问我考了多少分，我说，是 83.5 还是 85.3，记不清了，宣布成绩的时候，脑子已经晕了。面试成绩公布，我以面试第一的成绩进入了体检和政审。

回到学校，当多数人还在忙着制作简历、奔波于招聘会的时候，我已经可以悠然地为青春故事的结尾挥洒色彩了。

写到这里，女儿正在电话的那头清晰地喊着"爸爸"，而爸爸，此刻正在怀念着他的父亲和镜中穿着父亲西服微笑的自己。

2015 年 1 月 8 日

十、匆匆那年

"不悔梦归处，只恨太匆匆。"

从小学到初中，那是儿时的顺遂。高中时，因为参加演讲比赛开始初放光芒。从大学时代算起，已是十年有余，人生中最美好的十年，就这样匆匆而过。

写这些文字的时候，一位老兄对我说，每十年写这么一部，80 岁的时候，就是一部完整的人生了。其实，以后的若干年，又有多少事可写呢？写这些文字的时候，心中一直盘桓着一个疑问：十年了，我成长了吗？

青春的剧集，早已散场。三十而立，祈愿诸事顺遂，家人平安。

无处安放的青春，就安放在这里吧，为了下一个十年的我。

2015 年 1 月 10 日

大俗大雅 "张打油"

那是公元不知道多少年，大概是唐朝中期的一个冬天吧，汴州经历了一天一夜纷纷扬扬的大雪，街道、田野之上足足积了半尺来深。清晨时分，雪渐停，一轮残月刚挂出天际不久，便又渐渐隐匿在厚厚的云层之内。繁华的汴州城开始从睡梦中慢慢醒来，一缕缕炊烟渐次升起，起早的人们已开始为一天的生计忙碌。

汴州城外，张家油坊的老张头收拾完屋内的活计，像往常一样打开了油坊的大门，挂起了幌子。屋外的空气异常清新甜润，老张头不禁打了个激灵，之后伸着懒腰、中气十足地发了一句感叹：

"嗯——好雪啊！"

"哎，我说，老张头，都说你识文断字能作诗，你这一早起咋就恁感慨哩，莫不是昨个在官家的瘾还莫过够?!来来来，再来一首，就咏一咏这场雪，给咱大家伙儿都见识见识，中不中?"插话者是个挑着担子走街串巷卖酸辣肉粥的闪老汉，此时他正要进城，见老张头如此感叹，反正城门还未开，索性卸下担子，哈着手，跺着脚，打趣起来。所谓的酸辣肉粥，就是以面糊、骨汤为底，配以面筋、碎豆腐干、肉末、蔬菜丁、粉条等，辅以各式香料调制而成，闪老汉走街串巷大半辈子，在当地也算小有名气，以此为生倒是养活起了一大家子人。

闪老汉所说昨日之事，说来还蛮有趣。昨日老张头去给当朝一位参知政事的府邸送油，恰逢这家老爷回乡省亲，粉刷老宅。老张头眼见厅后新做的粉壁白花花一片，甚是难看，不知哪里来的才气和胆气，竟寻来笔墨在墙上歪七扭八写下几行诗扬长而去：

六出飘飘降九霄，街前街后尽琼瑶。

有朝一日天晴了，使扫帚的使扫帚，使锹的使锹。

这家老爷早起升厅，路过粉壁，见得这几行大字，顿时大怒："何人如此大胆，竟敢玷污本大人府中新刷的粉壁?!"左右互相回想打问片刻，不约而同地说："定是那城外打油的老张头，素日里仗着会识几个字，尽作些三句半的歪诗。"这位老爷立即下令把老张头又抓了回来。老张头听了这位大人的呵斥，心内惶恐，但转念一想，不如抖个机灵，蒙混过去，反正当时没人看见，能奈我何。遂上前一揖，不紧不慢地狡辩道："大人，我虽不才，倒是还知道怎么作诗，平日确爱诌上几句，但本事再不济，也不会胡乱写出这等诗来嘛。如若不信，大人您再命一题，小的作给您听?"

"哟，你这老汉，好不大胆！不过也罢，就试你一试。当下叛兵围困南阳，急请禁兵出救，就以此为题吧。"

老张头应和一声，随口吟出一句："天兵百万下南阳。"

"好，有气概！看来壁上定非你所作。快，下面几句速速吟来！"

老张头沉吟片刻，吟道："也无救援也无粮。"

"差强人意，再念。"

老张头这下有些慌了，抓耳挠腮就是想不出，面庞涨得通红，额头渗着汗珠，脖子根一阵阵地发凉……

"嗯——速速吟来！"

没办法，老张头张了张嘴又闭上了，生生地把到嘴边的两句吞了回去，可思前想后再也没了其他主张，只好又把那两句憋了出来："有朝一日城破了，哭爷的哭爷，哭娘的哭娘。"念完后低下头，闭着眼，心想就这样了，爱咋咋地。

谁知大家听了，哄堂大笑，连这位大人也给惹笑了，终于饶了老张头，不予计较。老张头擦擦额头上的汗，赶紧溜之大吉。

没想到这件事却被消息灵通的闪老汉得知，今天一大早就站在油坊前，趁着歇脚的工夫给众人编派了起来。人是越聚越多，大家听了闪老汉的讲述，都跟着起哄。

老张头脸上实在有些挂不住，说道："好吧，我就来首《咏雪》吧：江上一笼统，井上黑窟窿。黄狗身上白，白狗身上肿。"

众人又是一阵哄笑，各自谋生而去。

闪老汉是汴州城内有名的奇闻逸事消息源，自不会忘记传播清晨的这一番趣事，逢人便讲城外油坊打油的老张头又作了一首很有特点的诗，那老汉能边打油边作诗真真了不得，等等。由于人们习惯以所从事的职业来称呼工匠，老张头也被大家唤作"张打油"，传着传着，也就把他作的这种通俗易懂的诗称作"打油诗"，这一顺口溜风格的诗也在乡野村夫间流传开来。

回到这首《咏雪》诗本身。"张打油"当时顺口这么一念，可能没有想到，这一首顺口溜，一千多年后还能被人们记住，甚至被后世人编的《全唐诗》所收。日本学者平冈武夫编《唐代的诗人》《唐代的诗篇》，将《全唐诗》所收作家、作品逐一编号做了统计，结论是：该书共收诗四万九千四百零三首，作者共两千八百七十三人。而《咏雪》及"张打油"即为其中之一！

这首诗的主要特点是很形象：平时，江水是黄的，江岸可能是绿的、黄的、灰的，总之可能各种颜色都有。但是下雪以后，"江上一笼统"，水是白的、岸是白的、一笼统都是白的。大地只有一个地方是黑窟窿——井口，井口较小、很深，存不住雪，看起来里面黑咕隆咚的。接下来是两个特写镜头："黄狗身上白"，家里的黄狗因为披上一层白雪，变成白狗了；"白狗身上肿"，白狗因为身上加了层雪，看起来好像胖了、肿了。既通俗幽默，又风趣形象，描述场景亦为人们生活中所常见，而它又能够被收入《全唐诗》，谁又能说它不雅呢？

说到"张打油"，就不能不提及与他齐名的"胡钉铰"。

胡钉铰，本名胡令能，唐贞元、元和年间人，以钉铰为业，大体就是钉马掌，修补锅碗盆缸，制作一些金属小器具之类。能诗，不废钉铰之业，远近号为"胡钉铰"。与"张打油"一样，他们都是生活在底层的不脱产的劳动人民，而不是什么文人雅士。

"胡钉铰"也好，"胡令能"也罢，估计大家对他的印象不深，但提到下面这首他作的诗，一定耳熟能详：

小儿垂钓

蓬头稚子学垂纶，侧坐莓苔草映身。
路人借问遥招手，怕得鱼惊不应人。

正是这位"胡钉铰"，明代以后借由小说《三宝太监西洋记》

开始被逐渐神化，后来在民间还被金匠、银匠、铜匠、铁匠、锡匠和小炉匠等奉为祖师爷。

唐代诗歌之盛的原因之一，以笔者愚见，离不开开放、开明、包容的社会风气和文化氛围，以及在它之下包括帝王后妃、文人雅士、文盲武夫、乡野村夫、闺阁农妇、耄耋老人、垂髫少年人人能写、个个会吟的全民写诗。正是因为有了当时这一庞大的写作群体，中华诗歌在唐代走向成熟与繁荣才成为可能，也为中华文明留下了一座璀璨夺目的文化宝库和无法超越的不朽丰碑！

2017 年 11 月 6 日

家乡的石头河

渭河傍晚

"晚来清渭上，一似楚江边。鱼网依沙岸，人家旁水田。"这是唐代诗人冷朝阳的诗句。渔网、沙岸，人家、稻田，夕阳、炊烟，清澈的水面上倒映着天光云影，碧绿的禾苗下隐约有阵阵蛙鸣，宽阔的河面上来往着渔船舟楫，逆旅之人于傍晚来到渭河畔，看到的是一幅好似江南水乡的柔美画卷。千年之后，当我们走在诗人曾经走过的地方，却再也无法识别那片大唐的天空。回首望向千渭之汇的方向，稍待迟疑，《诗经》中"文定厥祥，亲迎于渭。造舟为梁，不显其光"的遥远回响，先秦"泛舟之役"中首尾相连自雍至绛的粮船，以及汉时河内千帆竞渡、百舟争流的景象便会倏忽现于眼前，让你坚信，没错，这就是渭河最初时的模样！

渭水南，南山北，大秦岭的沟峪间不知孕育过多少溪流，它们日夜不息，千年万年地如约向着渭河奔赴，与渭河共同建构起兼葭苍苍的诗意田园，成为一个民族最初的生命印记和情感源头。而家乡的石头河，便是其中之一。

石头河，因河床巨石嶙峋，卵石遍布，枯水期大小不等的石头露出水面铺满河床，观者如临石河而得名。古称斜水，是渭河一级支流，源自秦岭鳌山北麓，沿青峰峡北

石头河

流，在经历两处折弯后，于斜峪关出山区，在平原区奔涌约 15 公里，注入渭河，全长约 70 公里。沿石头河逆流而上，过分水岭衙岭，顺褒水南下，为古褒斜道，所谓"明修栈道，暗度陈仓"之"栈道"。

《华阳国志》引《蜀志》称褒斜道始通于三皇五帝。《读史方舆纪要》称："褒斜之道，夏禹发之。"周文王伐蜀、周武王伐纣蜀王从行、周幽王得褒姒均与此道相关。褒斜道在未修栈道之前仅为谷道，艰险难行。至战国范雎相秦，在此道穴山为孔、插木为梁，铺木板联为栈阁，接通道路，才成为驿道。褒斜道作为一个专用名词，最早见于《史记·河渠书》，据载，汉武帝时有人上书欲通褒斜道及漕事，武帝将此事交御史大夫张汤，张汤了解情况后说："抵蜀从故道，故道多阪，回远。今穿褒斜道，少阪，近四百里。而褒水通沔，斜水道渭，皆可以行船漕。漕从南阳上沔入褒，褒之绝水至斜，间百余里，以车转，从斜下下渭。如此，汉中之谷可致。"武帝认为有

道理，拜张汤的儿子张卬为汉中太守，发数万人做褒斜道五百余里。此路修成后果然方便且路程近，但是，水流湍急多石，不能通漕运。

这是一个脑洞大开的构想，但也是一个有趣的故事，让我们借由古人为使褒斜道上货物转运的便利所做出的努力，可以一窥石头河的前尘往事。

《陕西通志》中收录了一份奏表——《请权罢陕西州军科率》，这份奏表是由当时陕西转运使包拯写于宋仁宗庆历七年（1047），其中记述："凤翔府斜谷造船务每年造六百料额船六百只，方木物料等自来分擘与秦陇凤翔府诸处采买应付。"即北宋仁宗年间，石头河下游的斜谷口处曾设有造船厂——斜谷造船务，每年至少造载重约33吨的大船600艘。苏轼于此游历所作《二十七日自阳平至斜谷宿于南山中蟠龙寺》一诗也描述了他由阳平乘船，顺渭河至斜谷口的经历，以及见到的商旅繁荣的景象。《册府元龟·漕运》载：唐太宗贞观"二十二年七月开斜谷道水路运米以至京师"。由褒斜道南来的货物在此处码头装船走石头河水路漕运，货船由南向北，驶入渭河，东可达长安，西可至陈仓渡。1992 年版《岐山县志·古渡》也确

石头河滚水坝下的巨大岩石

认："本县斜谷口设有许多造船厂。"从以上文献资料中推断，石头河上中游虽未能通漕运，但至少从宋代起，已有船厂、码头设于斜谷口，大小船只当能驶入渭河。但前述繁盛情状，在历代县志中却鲜有提及，一个曾经规模

浩大的船厂和一段漕运历史便逐渐被人们轻松遗忘。

2021 年的深秋，笔者携着心中的疑问，再次造访了斜峪关口，四下漫步走访，竟有了意外的收获。石头河水库大坝北数百米，有一处滚水坝，紧挨滚水坝和河道西岸的两块巨大岩石引起了笔者的注意，四下查看，岩石顶有圆形、方形桩孔各两个，均 10 厘米见方，顶面西侧有人为凿成的台阶。从地形和位置推测，这里或许便是自古以来的码头，而桩孔和台阶当为构筑码头设施所用。又听当地老人讲，早先河上无桥，石头河水库未建之时，人们要到河对面集市上去，就必须划船摆渡，那时河水比现在深且急。由此可见，古时石头河下游可以行船是无疑的了。疑问消除，顿觉轻松，北望石头河入渭的方向，仿佛有漕船在蓝天碧水中首尾相接，渐次驶离关口的喧闹市集，伴着号子与小调于"一似楚江"的渭河分航……好一派南国气象！

没错，儿时的记忆里，一河之隔的石头河两岸，确是有些南国风光的。

最初，是从父辈们的口中得知。孩子们都爱吃

梅惠渠渠首

米饭，大人们也需要调剂口味，那时粮站配给的口粮以面粉居多，大米是不够吃的。每年都会有那么几次，父亲会用自行车驮上省出的一整袋面粉，捎带上厂里发的手套、洗衣粉、肥皂、灯泡等劳保用品，去石头河畔，挨家挨户地碰运气，"老乡，有大米换吗？"只要跑得家数足够多，一般都是能换得的。一袋面粉外加一两样劳保用品，能换回大约 40 斤的大米。用换回的大米蒸饭，奶奶总会先在

公共水管旁弓着腰仔细地淘洗出细小的沙粒。于是，那个年月里，石头河，就等于桌上喷香的白米饭。也由此知道了渭河对岸、石头河下游两岸，借由沈公渠—梅公渠—梅惠渠引石头河水的滋养，竟突兀地生长着因诸葛亮屯田而播种的、只在课本中见过的南方的万亩高产稻田。

稍大些，大人们会在夏季骑上自行车，驮着孩子们去石头河玩。河水清浅，水波粼粼，鱼翔浅底，水草漂动，铺满水底的各色卵石在阳光映照下，闪着奇异的光彩，招引着孩子们去捡拾。也有大人、孩子在浅水处或仰或趴，感受着河水的清凉。最令人兴奋的，来自这河里的生灵——不是鱼虾，因为老龙池里也有——是似乎只有南方才会有的螃蟹。抓螃蟹，或许是家乡的孩子们关于石头河的特有记忆。弯着腰，在浅水中一块一块地翻着石头，那横着走的家伙就会冷不丁地冒出来。不会逮的，被蟹钳夹住手指，吱哇乱叫；会逮的，捏上螃蟹追着别人夹……

如今，已多年未至石头河的下游，不知在这条如伙伴一般陪着孩子们长大的河水中，是否还有螃蟹和孩子们的嬉闹。如果不是在

石头河下游"小壶口"

抖音中刷出石头河"小壶口"的网红打卡地，恐怕不会起心动念，再忆石头河。

重走家乡路，再次证得一句名言："你知道得越多，会发现你不知道的也越多。"

重走家乡路，不免再

上左岸五丈原。五丈原作为地名，最早见于诸葛亮《与步骘书》："仆前军在五丈原，原在武功西十里。"五丈原得名，普遍认为有风说、高说、宽说三种，但均值得商榷。笔者认为，如通盘考虑五丈原的军事意义与地形，或许可以有另外一种解释。诸葛亮五丈原营垒与斜谷口驻军互成掎角之势，原上驻军补给与撤军路线，必然南经棋盘山南麓半山腰古道至斜峪关内。以驻防、补给、后撤的完整路线所圈定的范围来看，并不是"形如琵琶"的北侧之一部，而是包含了棋盘山南麓在内所呈现的沙漏形。在甲骨文等古体字中，"五"写作"✕"，西府方言则将"状"读作"zhàng"，故"五丈原"或为"五状原"的错记，也未可知。

与之前的游览不同，这次情之所牵的，是那座隐藏于地方文史之中的豁落城。驱车上原，一路南行，来到堡址遗迹标志碑前。堡址位于五丈原蜂腰处，两侧临崖，是道路要冲，易守难攻。堡址四至有新立的界桩，约呈长方形，南北长约 500 米，东西宽约 70 米，残存有南侧城墙与壕沟、北侧城墙残迹，历来传为诸葛亮所

五丈原地形图

筑营垒所留。但经此次走访，笔者以为，堡址或许相符，但残迹应为清同治时期所留，历宣统、民国亦有整修，一直使用到民国六年

（1917）。有现存诸葛亮庙博物馆民国六年碑刻为证。因碑文所记颇有故事性，尚有五丈原显圣传说，加之碑文漫漶，为方便有兴趣的读者阅读，故强识之，照录如下，错讹之处，在所难免。

创建武侯诸□□□□城记

岐邑南六十里，有地曰五丈原。太岳钟灵，渭川毓秀，带水而屏山，石□献瑞，□□□□，□列而环抱，飞□□□□中柏，天□地设，形如琵琶。其枢纽处，俗呼为细

豁落城遗址碑

项口豁落城，相传为汉相诸葛武侯出□讨魏之营垒也。□□□□明代显灵□□□□嘉庆二年，莲匪出关沿山东窜；同治元年，郭匪入寇，越境西迁岐地。两次无扰，民获安堵者，皆由五丈原头烟火辉□、□炬闪灼，贼望之而心胆俱裂，故不肆蹂躏，非神夺其魄哉？同治丁卯，贼匪乱，后原左右九村欲修城于斯，相故垒遗址，绝长补短而修营焉。版筑数月，城垣尚未完固，而回匪复夜临城下，危若累卵。忽然城头神灯万盏、烈风暴作，贼众夜遁，城危自解。越数月，城工始竣。报赛神恩，于南城内创修小庙一楹，封武侯诸神牌位而祀之。随欲创建大殿，塑尊像、勒碑记而未逮。嗣后，城庙虽屡经重修，而风雨飘摇，旋即坍塌。宣统辛亥，土匪蜂起，九村仍修补城垣而固守之。及丙辰二月，九村不伴而合，异口同声曰：以武侯之尊，千百年后犹眷顾斯土人民，显圣昭灵、随时保障，诚

为汉室孤忠、此地福神也。五星村虽有祠堂，春秋二祭，而此地实武侯当日安营之区，为五星村过脉之处，不可无庙以祀之，以答神恩于万一也。因于北城内建殿三楹，武侯居中，左右诸神附之。功成后，取前人已脩之石，刮垢磨光，刻文其上。上表灵异，下完前功，庶几圣德彰而夙愿偿，城与庙□斯并著，神□□□□安，一举二得，两全其美。是为记。

（撰文、书丹、修城经理人、修庙总理人、二建庙会首、功德略）

民国六年岁次丁巳小阳月上□穀旦

豁落城南侧城墙与壕沟残迹

据民国二十四年（1935）田惟均版《岐山县志》载："自民国七年，匪据岐城，将旧有堡寨毁坏过半，迄今无重修者。"大约于彼时，这个也唤作武侯城堡、龙泉原堡的堡寨，在数次保民安堵之后，终于完成了它的历史使命，如同风烛残年的老者，颤巍巍地矗立着，反过来需要人们的保护。

曾记得数年前，依托诸葛亮庙博物馆，这里拟建一处三国文化

远观豁落城残迹

景区，古镇、卧龙瀑等景观规模宏大，规划一出，家乡人万众瞩目，但终究落得一地鸡毛，惹人唏嘘。于庙前广场凭栏北望，感慨万千。这世上的无数生灵，莽莽田原，沧海桑田中，最终还不都是要归还于时间？与历史的天空相对，多少一将功成，多少古道黄尘，怎能不心生敬畏！

明代唐龙于某日黄昏登上古原，留下诗句几行："古道黄云里，荒城落日前。岩林遗鲁殿，畎亩变秦川。滴滴梧桐雨，离离禾黍天。凤凰今不至，忽复几千年。"

2021 年 10 月 28 日

独吟

永远的槐林

槐林远眺

空竹在风中欢唱
是谁
又将久违的口琴吹响？
在这初夏的时节里
夕阳

和着槐香……

五丈原的烽火
早已轮回为哺育关中的琼浆
或许这里
就是诸葛与司马的战场
在这个终结了
一段历史的地方
最适合
登高遥望

也许
还有着另一番的景象
调皮的风儿
将你的刘海轻扬
伴着淡淡的槐香
陪你在林中飞翔
飞翔
不想归航

渭河平原上闪烁起了
点点星光
那可是下凡的精灵
倔强地
要将这山野扮靓？

蜂蝶们也久久地
徜徉
迷醉在这洁白的
花的海洋

来吧
谁能拒绝这动人的乐章？
一起去开采诗意的宝藏
让精神
变得明亮

大散关的布谷
想必已飞到了灞上
秦时的明月
把我们引入梦乡
月光
也散发出
淡淡的槐香……

游北坡公园

蔡家坡北坡公园

老槐，旧屋，
艳阳温暖如初，
循着记忆中的小巷，
拾级而上。

凤舞九天，
冢虎坡上点兵，
星落河湾，
卧龙水畔兴叹。

树影间斑驳的，是多少时间，
忘川河畔盛开过多少红莲，
漫漫岁月，许下过几多诺言，
浮生数载，
匆匆那年。

采桑子·秋游

凤翔东湖

听闻交广橄雍邑，卅五良车，
际会须臾，随柳乘风赴垄畦。
孩童学艺摔黄泥，游艺筵席，
众友欢怡，黄叶红枝又一夕。

午后静观

小院午后

春色满郊园，午后暖碧空。
懒困言虚度，何如倚微风。

雨后偷闲

金台北坡公园远眺

展袖青罗染远山，老街梦华月如烟。
寒凉雨夏多风起，一笑凭栏化云天。

浪淘沙·延安

延安宝塔山

威武宝塔山，一柱擎天，
凤凰双翼舞蹁跹，
大道初心延水源，众志弥坚！
往事忆如烟，万里江山，
诸公已入青松间，
吾辈无生壮士前，家国双肩！

鹧鸪天·老街呓语

陈仓老街夜景

灯影迷蒙旧景长，秋虫苇草唱茵香。

轻裳罗伞时时见，缓带轻裘往往荒。

濒渭水，立陈仓，芒鞋倚剑瞅斜阳。

奈何又是三更起，怎享浮生一夜凉。

清平乐·夜未央

雪夜独行

西风席卷，一夜寒霜现。
十里长亭冬色黯，陌路谁人相伴？
年年岁岁追欢，朝朝暮暮谁闲？
佑护心灯一盏，烛暖长夜寒天。

江城子·观《琅琊榜》

《琅琊榜》剧照

横笛一苇曲临江，蜡梅边，指轻扬，
手握暖炉，寒雪痛心肠，
纵使相逢仍不识，曾并辔，论情长。
风烟又起转回廊，百草香，两彷徨，
旌鼓方息，伊人立亭旁，
烈酒饮得须尽觞，蝉赋舞，策长缰。

小重山·春寒

虢镇北坡公园

去岁寒冬雪满冈。

独行寻故地，忍彷徨。

殊勋未已鬓染霜。

城郭望，折柳晓风飚。

春早慢减裳。

西风阴万里，夜孤凉。

红尘难遇共茗香。

长嗟叹，按剑倚斜阳。

陕北行

绥德无定河畔

汉关秦月察新人，晨钟暮角赴征尘。
高楼无定河边起，谁为春闺忆旧人？

夜语三篇

（一）

绚烂的星河

在二〇一九的最后一晚

坍缩

南国的海风

轻柔得

抚不开封闭的壳

走过平凡的大道

蹚过奔涌的心河

那棵担起晨光的树

几轮叶生叶落

桥下的渭河

西宝中线东关段

独　吟　239

圣人们徜徉几多
逝者如斯的叹喟
把莲花山上的栏杆拍遍
又独自向着银滩大桥下
缓缓飞过……

（二）

周原远眺

楼顶之上
我面向东方
听到浑厚的声响
太白的积雪在右
积雍的夕照在左
渭河川道上的风
或许
从未曾改变过两千年前的

模样

浅蓝的口罩
遮住了晚风的清爽
也许还有一些
肮脏
但干净的灵魂
却可以刻印出
俊俏的面庞

背向家的方向
咂一口仙毫的新香
那抹蓝
又晕染出秦岭的幽壮
梦回那年
一路轻装
古镇华阳

（三）

陈仓峪的山风
到这里打了一个旋儿
带走了秦汉荣光
唯剩原顶的三根电塔
倔强地撑起北方

阳平薄壳厂房

是谁
将长乐塬的薄壳车间
搬到了平阳
孪生的脸庞
不同的气象

一个新生
闪烁着十里荣耀之光
一个埋头
沉默于星光之外的
十里站场

各安天命
或许是它们最后
互诉的衷肠

汛 巡

水漫灵宝峡

苍峰舞白练，海拔当千，
纤云紧锁丛林间。
龙王聚首弄雨筹，
可念民生多艰？
浊流滔天，千里奔泻，
速还河清海晏，
迎远人，观安澜，
重开夜宴！

散落的厂子弟（代后记）

又是一个似曾相识的冬日午后，碧空，暖阳，斑驳的树影斜长着铺于路面，眯起眼，便能感受到一种宁静而柔软的温暖。这是陪我写下建厂记忆系列第一笔的暖阳，这是陪我徜徉于长乐园的暖阳，这是陪我忘情于老龙池畔北坡公园的暖阳。

今日的暖阳下，我却好似暗恋着谁家的姑娘，有了每日必赴的约。窗外，虽不知她是否会如期而至，但只要阳光晴好，总会在某个时刻，抽空抬眼望几望，没来，还没来，于是，一边忙着自己的事情，一边忐忑地期待着……哦，她，她什么时候已经出现在视野内了——对面的高层，就这样在不经意间披满了金光，含蓄而奢华，映照眼帘，搅动心田。而今日，当我再一次与她看似不经意却实在故意地相遇，又目送她远去时，仿佛忽然就回到了19岁那年赶考后的火热的夏天。

那年的傍晚，我们怀着忐忑的心情，坐在子校门外新开的土操场道沿上，望着满天金红的晚霞，一边讨论着试题的解答，一边等待着学校下发的答案。当天光隐匿、晚风袭来，我们完成了估分。从那一刻起，我们——最后一代的厂子弟们，便开始了散落于五湖四海的人生旅程……

我们离开的，是陕九，是西机，是群力，是陕机，是一个个相似又不同的"我们厂"。

离开前，我们在每一个有厂子广播站播音的工作日里，听着新闻，听着军号，听着厂歌，听着《三大纪律八项注意》等革命歌曲，安排着一日的作息。清晨，广播响了，我们起床、洗漱、吃早饭。"拉尾"的号声或是歌曲第一次响起，父辈们穿起工装涌向同一个厂门，我们背起书包涌入同一个校门；"拉尾"二次响起，上班、上课的时间就到了。中午，广播响了，我们又如开闸的洪水般涌出，在厂子围墙圈起的厂区、生活区内短暂地迁徙。我们天真地以为，所有人都和我们一样，每天听着广播，秩序井然地工作、生活。

离开前，我们厂里什么都有，澡堂、银行、花园、理发室、俱乐部、幼儿园、福利社、锅炉房、冷饮部、大操场、保卫处、消防队、修缮组、图书馆、印刷部、子弟学校、职工医院、灯光球场、液化气站……还有太平间。自给自足，直接向四机部等中省部委负责，在建制上与地方无关。如果不是考学出去，一个人可以在厂内完成人生的闭环。虽然那时的物质条件与当今不可同日而语，但过年发带鱼，福利米面油，六一小零食，我们这一代实实地未感受到过物质的贫乏。我们天真地以为，所有名之于镇的地方，都和我们这里一样，散布着几座工厂，中间夹着几条还算繁华的商业街。

离开后，当我们散落天南海北，一开腔，猛然发现我们竟不会说方言，而父辈们嘴里的南腔北调，竟也与当地的方言有着明显的区别。这原本是一件毫无违和感的事情，却总在别人操着自家的方言询问我们是哪里人时，脑袋抽筋，顿一下，说出一个地名，别人又根据姓氏追问是否某个村时，又忙不迭地解释某某厂。于是开始学方言，学出了一个东府人觉得你是西府人、西府人觉得你是东府人的方言。

离开后，我们工作、成家，在崭新的小区买下按揭的楼房，又会发现邻居不熟，物业也不熟。对邻居家庭背景了如指掌的熟稔不再，只隔一道纱门而大门敞开的亲切不再，一家美食数家品尝的温馨不再，东西坏了找某某他爸来修修的便捷不再，不是一个班的孩子也能扎堆游戏的快乐不再，不需要棋牌室也能在路灯下随意拉人支起牌桌棋桌的轻松不再，一群群熟悉的面孔聚在一起耍社火的热闹不再，大澡堂里裸身相见的赤诚不再……总之，楼前楼后全是工友、楼上楼下都是同事的半封闭熟人社会再也没有了。关起门来，便自成天地，于是，我们突然就不会玩了，只剩下愿意去和不得不去的应酬。

1997年前后，国企改革进入攻坚期，工人下岗、纺织厂压锭，更多的企业破产重组，效益不好的工厂再也不是年轻一代向往的所在。我们这最后一代厂子弟，便借由大学的扩招机遇，纷纷离开了曾经引以为光荣而自豪的母体，如蒲公英的种子般远远近近地散落而去。

2019年前后，全国范围内各类国企都彻底完成了"剥离企业办社会职能"任务，子校、职工医院和家属区统统移交给了地方管理。自此，工厂的集体生活时代走向终结，厂区小社会画上了句号，"厂子弟"，最终，真的成了历史名词。

有人说，厂子弟没有故乡，其实，厂子弟的故乡就是那个相似又不同的我们厂；有人说，厂子弟没有老乡，其实，厂子弟的老乡就是我们的工友和同学；有人说，厂子弟没有乡音，其实，厂子弟的乡音就是我们共通的、带着父辈不同腔调特征的普通话；有人说，厂子弟没有乡俗，其实，厂子弟的乡俗就是我们共同记忆中由广播外化的秩序、由秩序而生的效率和那些一届接着一届办的各式文体活动！

而厂子弟的乡愁也便有了另一番的景象，不同于背馍上学，不同于收麦扬场，不同于油坊泼汤，不同于红白礼尚。很自然地，厂区围墙内外的人们，也便无法与对方的"乡愁"形成共鸣。只有当某天，厂子弟们在城市的某个角落偶然相见，三五相唤间，乡情乡音一落座，才又能说起那些共同的语言。

如今，离厂多年的厂子弟们，相信都会有着共同的情感经验——喜爱厂区、嫌弃厂区、怀念厂区。正因这种复杂的情感，当初离开有多匆忙，后来思念就有多惆怅，乡愁也便看似无处寄托。

于是提笔，细审我们曾经成长于斯的工厂，写下一篇篇感怀的文章；也利用公众号征集、编辑起有关更多工厂的文章。所有篇章，都是找寻的结果，寻人寻事寻物，草蛇灰线，源头，源头的源头，尽量将其中的线头扯出来，拎起来，抖一抖，鲜活生动，如同新的发现。

当看到史料中的一个个人名，我不厌其烦，甚至不惜打破行文的简洁，总会把他们一一呈现于文字，不忍其过快地湮没于尘封的历史中。在我看来，那不仅仅是一个姓名，甚或姓名下的事迹，那还是我们的乡亲曾经激情燃烧的青春和鲜活的人生！

都说"心安之处是吾乡"，当厂子弟们在不同的大小城市之中为了梦想忘我奋斗，为自己的下一代打拼出更加舒适安稳的乡愁之地，午夜梦回之时，回望来路，还能记起那个只许自己骂、只许别人夸的家的方向，散落的厂子弟的乡愁，也便有了可以归置的地方。

写到这里，回想公众号草创至今，已是整六年。今日成书，首先要感谢李巨怀老师的支持与厚爱，没有李老师的鼓励与指点，内心必然是充满了惶恐与不安的。一路走来，还要感谢宝祥老师的陪伴与指点，以及晓峰、卫宁等我参加工作以来所历单位各位老领导的认可与鼓励，还要感谢我的爱人与家人的支持，没有他们，这本小册子的付梓恐将遥遥无期！

　　幸甚，这本小册子终究还是面世了，作为笔者的初次尝试和阶段性小结，其是否能够满足读者的口味实难预料。笔者水平有限，文中错讹之处在所难免，真诚期待各位老师和读者朋友的批评指正，以利下一个十年！

辛丑年冬月于千渭之会

窗外即景